레 미제라블

세계문학산책 19
레 미제라블

지은이 빅토르 위고
옮긴이 붉은여우
펴낸이 안용백
펴낸곳 (주)넥서스

초판 1쇄 인쇄 2013년 4월 20일
초판 1쇄 발행 2013년 4월 30일

출판신고 1992년 4월 3일 제311-2002-2호
121-840 서울시 마포구 서교동 394-2
Tel (02)330-5500 Fax (02)330-5555
ISBN 978-89-6790-136-3 04800

가격은 뒤표지에 있습니다.
잘못 만들어진 책은 구입처에서 바꾸어 드립니다.

www.nexusbook.com
지식의 숲은 (주)넥서스의 인문교양 브랜드입니다.

세계문학산책 19

빅토르 위고
레 미제라블

붉은여우 옮김   김욱동 해설

지식의숲

차 례

19년 만에 만난 세상

프랑스 남부 알프드오트프로방스 지방의 작은 도시 디뉴. 몹시 지쳐 보이는 한 낯선 남자가 시 경계를 지나 시내를 향해 걸음을 옮기고 있었다. 1815년 10월 초순, 한창 무르익은 가을 하늘이 황금빛으로 온통 물들어 가기 시작하는 저녁 무렵이었다.

40대 중반쯤 되어 보이는 남자는 평균치 정도의 키에 탄탄한 몸매를 갖고 있었다. 하지만 깊이 눌러쓴 모자의 차양이 땀으로 번들거리는 얼굴 대부분을 가리고 있어서 자세한 생김새를 살필 수는 없었다. 다만 여러 곳에 천을 덧대 기워 입은 상의와 단추가 떨어진 셔츠, 그리고 구멍 난 바지와 낡아 빠진 구두 등 전반적인 차림새로 미루어 최하층 인생을 살아가는 인물임이 확실해 보였다.

게다가 남자의 짧게 깎은 머리와 텁수룩하게 자란 수염은 보는 이로 하여금 경계심을 갖게 하기에 충분했다. 남자는 또한 장거리 여행에 몹시 지친 듯, 종종 중심을 잡지 못하고 비척거리곤 했다. 골목 끝 우물로 다가가 목을 축이는 남자의 모습이 여러 사람의 눈에 띈 것도 그의 그런 독특한 행색과 걸음걸이 때문이었다.

연거푸 마신 우물물로 갈증을 해소한 남자는 골목을 벗어나 길 건너 시청 청사 안으로 들어갔다. 그리고 한참 만에 다시 나와 정문 옆 벤치에 털썩 주저앉았다. 시청 출입문을 지키고 있던 경찰이 마뜩찮은 표정으로 그를 바라보았다. 눈길이 마주치자 남자는 모자를 벗고 공손하게 인사를 했다. 하지만 경찰은 미간을 약간 찌푸려 짜증스러운 듯한 표정을 지었을 뿐, 더 이상 어떤 반응도 보이지 않았다.

잠시 후, 남자는 엉덩이를 툭툭 털고 일어나 걸음을 옮겼다. 굶주림과 피곤에 지쳐 몸을 가누기가 힘들었는지, 곧 시내 여관을 찾은 남자는 여관 출입문 바로 안쪽에 있는 식당으로 들어섰다. 식당 안은 저녁밥을 기다리는 비슷한 차림의 손님들 10여 명이 떠들어 대는 소리로 시끌벅적했다.

남자가 목소리를 약간 높여 말했다.

"오늘 저녁 잠자리가 필요합니다. 저녁 식사도 해야 하고요."

"어서 오세요, 손님."

손님들 탁자로 옮길 그릇을 정리하고 있던 여관 주인은 대답을 마친 다음에야 고개를 들어 남자를 쳐다보았다. 순간, 초라하기 이를 데 없는 남자의 차림새를 확인한 주인의 안색이 살짝 굳어졌다.

"잘 아시겠지만, 여기는 돈을 내야 방과 음식을 제공받을 수 있는 여관이랍니다."

"알고 있습니다."

남자는 주머니를 뒤져 돈을 보여 주었다. 의외라는 듯 고개를 갸웃하던 여관 주인이 자리를 권했다. 남자가 어깨에 메고 있던 배낭을 빈 의자 위에 내려놓은 다음, 그 옆자리에 엉덩이를 붙이며 입을 열었다.

"저녁 식사는 언제쯤 되는 겁니까?"

"보시다시피 다 되어 가고 있답니다."

남자를 바라보는 여관 주인의 눈빛 속에는 여전히 약간의 의구심이 섞여 있었다. 하지만 이미 돈까지 꺼내 확인시킨 까닭인지 남자는 주인의 그런 눈초리에 전혀 신경을 쓰지 않는 듯했다.

"배가 몹시 고픈데……."

"조금만 참으세요. 설익은 걸 식탁에 올릴 수는 없잖습니까?”

남자의 재촉에 다소 짜증스럽게 대꾸를 한 주인은 대걸레로 식당 바닥을 닦고 있던 소년을 불렀다. 주인이 가까이 다가선 소년의 귀를 당겨 뭐라고 속닥거리자, 소년은 몇 차례에 걸쳐 고개를 끄덕였다. 그러더니 쏜살같이 여관 밖으로 나가 시청 쪽을 향해 달리기 시작했다.

“오늘 밤 내가 잘 방은 어디입니까?”

잠시 허공을 바라보고 있던 남자가 물었다.

“그건 저녁 식사를 마친 다음에…….”

소년이 가쁜 숨을 헐떡이며 들어온 것은 바로 그 순간이었다. 소년은 식당 안으로 들어오자마자 주인의 귀에 입술을 바싹 붙이고는 한참 동안 뭔가를 얘기했다. 소년의 귀엣말을 다 들은 주인의 표정이 싸늘하게 굳어졌다. 그리고 잠시 후, 주인은 남자가 앉아 있는 탁자 앞으로 걸음을 옮겼다.

“미안하지만 손님은 오늘 밤 우리 여관에서 잠을 잘 수 없습니다.”

주인의 느닷없는 얘기에 남자가 화들짝 놀라 물었다.

“왜요? 조금 전에 돈까지 확인하지 않았습니까?”

“하여튼 사정이 그렇게 되었소.”

“돈을 내고 잠을 자겠다는데 왜 그러는 겁니까?”

"돈이 문제가 아니라, 방이 없어서 그렇소!"

비교적 공손했던 주인의 말투가 차츰 거칠어지기 시작했다. 하지만 남자는 그런 것에 신경을 쓸 겨를이 없었다. 무엇보다 먼저 주린 배를 채워야 했기 때문이다.

"그럼 저녁밥이라도 얼른 주십시오."

"우리 여관에는 당신한테 줄 저녁 식사도 없소!"

갑자기 태도가 돌변한 여관 주인을 향해 남자는 몇 차례 사정을 했다. 하지만 주인의 태도는 점점 더 거칠어질 뿐이었다. 불과 몇 분 전까지만 해도 있었던 방이 지금은 없고, 저녁밥도 모두 예약이 되어 있다는 것이었다.

"종일 아무것도 먹지 못한 채 50여 킬로미터를 걸어 이곳에 도착했습니다. 배가 고파 더 이상 움직일 수가 없단 말입니다."

남자가 거듭 애원을 하자, 허리를 숙여 남자에게 얼굴을 바싹 들이댄 여관 주인이 목소리를 낮추어 들릴락 말락 하게 말했다.

"조금 전 시청에서 너에 대한 정보를 알아냈지. 네 이름은 장 발장, 네가 어떤 사람인지 여기 있는 모든 사람이 알아듣도록 큰 소리로 떠들어 볼까?"

"으음······!"

남자의 입에서 신음 같은 탄식이 흘러나왔다. 그 위에 여관 주인의 협박이 얹어졌다.

"썩 나가! 더 험한 꼴 당하지 않으려면……."

남자는 자리에서 일어날 수밖에 없었다. 의자 위에 내려놓았던 배낭을 힘겹게 어깨에 둘러멘 다음, 고개를 깊이 떨어뜨린 채 쓰러질 듯 비틀거리는 걸음걸이로 여관을 빠져나왔다.

거리에는 이미 어둠이 드리워져 있었다. 하지만 남자는 걸어야만 했다. 한 끼의 저녁 식사와 잠자리를 위해 피곤에 찌든 몸을 움직이지 않을 수 없었다. 남자는 주변을 둘러보았다. 어떤 여관이든 들어가면 보나 마나 조금 전에 당했던 수모를 똑같이 되풀이하게 될 것이었다. 그렇다고 아무것도 먹지 않은 채 길가에서 쭈그리고 잠을 청할 수도 없는 노릇이었다.

'그래, 차라리 선술집을 찾아보는 게 나을지도 몰라.'

마음을 정한 남자는 걷고 또 걸었다. 밤이 되어 기온이 뚝 떨어진 탓인지, 거리에는 사람들의 모습이 거의 보이지 않았다. 큰길 주변에 있는 상점들 역시 하나 둘씩 불이 꺼져 가고 있었다. 잠시 생각에 잠겨 있던 남자는 곧 큰길을 벗어나 뒷골목으로 걸음을 옮겼다.

오래지 않아 선술집 하나가 남자의 시야에 들어왔다. 탁자 서너 개가 전부인, 허름하기 이를 데 없는 그 선술집은 길바닥에서 두 계단 아래에 자리를 잡고 있었다. 그래서 길을 지나치는 사람이라면 누구나, 이를테면 코흘리개 어린아이라 할지라도 가게 내부를 쉽게 볼 수가 있었다.

남자는 길 위에서 한참 동안 선술집 안을 지켜보았다. 이곳에서도 쫓겨난다면 더 이상 갈 곳이 없을 것이기 때문이었다. 다행히 가게 안에는 주인인 듯 보이는 사람과 꾀죄죄한 차림새의 손님 두 명뿐이었다. 한차례 심호흡을 내뱉은 남자는 조심스럽게 출입문을 열었다.

"저녁을 먹을 수 있을까요?"

"저녁뿐이겠소, 원한다면 술도 거하게 마실 수 있다우."

음식 장사를 하기에는 조금 지저분해 보였지만, 선술집 주인의 인상은 잘 알고 지내는 동네 아저씨처럼 푸근하고 넉넉했다.

"오늘 밤 잠잘 곳도 필요합니다."

"식대와 방값만 있다면 안방이라도 내드릴 거요."

옆 탁자에서 술을 마시고 있던 손님이 끼어들었다. 그러자 선술집 주인은 농담이니 개의치 말라며, 비록 좁기는 하지만 하룻밤 몸 누일 곳은 있으니 걱정하지 말고 앉아 조금만 기다리라고 했다. 남자는 그제야 마음이 놓였다. 적어도 한뎃잠은 피할 수 있다고 생각했기 때문이다.

하지만 그것은 남자의 희망 사항에 불과했다. 선술집 주인이 남자가 앉은 탁자에 음식 접시를 옮기려고 할 때, 제복 차림의 손님 한 사람이 가게 안으로 들어왔다. 그리고 들어오자마자 가게를 한 바퀴 둘러보던 그 손님과 남자의 시선이 우연히 마주쳤다. 그 순간, 남자의 몸은 자신도 모르는 사이에 움찔했다.

잠시 남자를 훑어보던 손님이 주인을 향해 손짓을 하더니 함께 선술집 밖으로 나갔다. 주인은 곧 들어왔고, 제복을 입은 사내는 여전히 출입문 밖에서 가게 안을 바라보고 있었다.

"우리 가게에서 나가 주시오!"

"예?"

"당신한테는 음식이나 방을 내줄 수 없으니 나가라는 말이오!"

"시청 정문을 지키고 있던 저 경찰 때문입니까?"

"누구 때문이든 당신이 상관할 일이 아니오!"

사람 좋아 보이던 선술집 주인의 얼굴은 이미 달라져 있었다. 어쩔 수가 없었다. 자리에서 일어난 남자는 또다시 배낭을 메고 거리로 나왔다. 막막했다. 그렇다고 가만히 서 있을 수는 없는 일이었다.

주린 배를 움켜쥔 채 걸음을 옮기다 보니 죄인을 가둬 두는 구치소 건물이 보였다. 남자는 혹시나 하는 마음으로 쪽문 옆에 달려 있는 종을 흔들어 보았다. 곧 건장한 몸집의 사내가 나타나 위압적인 목소리로 무슨 일이냐고 물었다. 남자는 기어들어 가는 목소리로 하룻밤 잠자리와 저녁밥이 필요하다고 했다.

"구치소에서 밥을 먹고 싶다고?"

"예."

"이 안에서 잠을 자고 싶다고?"

"예, 하룻밤만……."

"허, 참! 별 미친 사람 다 보는구먼!"

"……."

"정말 이곳에 들어오고 싶으면 죄를 지어!"

"예?"

"그러면 당장 밥과 잠자리를 해결해 주지!"

구치소 문지기의 비아냥거림을 뒤로 한 채 남자는 또 걸음을 옮겼다. 남자는 그 후로도 선술집 두 곳의 출입문과 평범한 디뉴 시민이 살고 있는 가정집 대문을 두드렸다. 하지만 잠자리는 커녕 저녁밥 한 숟가락을 나누어 주겠다는 곳도 없었다.

'이제 나는 어디로 가야 한단 말인가?'

금방이라도 쓰러질 듯 비틀거리며 걸음을 옮기고 있는 남자는 자신의 처지가 그저 암담할 뿐이었다. 바로 그때, 남자의 눈길을 단번에 사로잡는 건물 하나가 나타났다. 골목 모퉁이를 돌아서자마자 큰길 건너편에 울타리가 낮은 화려한 저택이 있었고, 저택의 정원 한쪽을 지키고 있는 작은 움막이 보였던 것이다.

'바로 저기야!'

남자는 단 한순간도 망설이지 않고 울타리를 넘어섰다. 그리고 작은 움막 안으로 지친 몸을 디밀었다. 움막 안에는 지푸라기가 푹신하게 깔려 있었다. 게다가 차가운 바람이 거의 들어오지 않아 하룻밤 지새우기에는 안성맞춤이었다. 처음 들어왔을 때 어디선가 비릿하고 역한 냄새가 풍겨 울컥 비위를 상하게 했지만, 종일토록 음식 구경을 하지 못해 토할 것도 없는 데다가 냄새 또한 금세 익숙해져 느낄 수 없게 되었다.

몸을 누이자마자 남자의 눈꺼풀이 스르르 감겼다. 그렇게 얼마나 지났을까, 아직 숙면에 접어들지 못한 남자는 자꾸만 다가오는 불안한 느낌을 지울 수가 없어 가까스로 눈을 떠 보았다. 개였다. 송아지만 한 덩치를 한 개가 움막 안으로 들어오고 있었다. 화들짝 놀란 남자는 자신도 모르는 사이에 벌떡 일어났다.

개 역시 깜짝 놀란 듯, 흠칫 한 걸음 물러섰다. 그러나 개가 날카로운 이빨을 내보이며 공격성을 드러내기까지는 그다지 많은 시간이 걸리지 않았다. 남자는 그제야 자신이 찾아든 움막이 개집이었다는 사실을 깨달았다. 독기가 잔뜩 오른 개는 이미 남자의 배낭을 물어뜯고 있었다. 남자는 혼신의 힘을 다해 배낭을 낚아챘다. 그리고 단숨에 울타리를 뛰어넘어 달리기 시작했다. 그 와중에 그렇잖아도 낡은 상의 두 군데가 개한테 물려 뜯기고 말았다.

"개보다 못한 인생살이가 되고 말았구나!"

가까스로 정신을 차린 남자는 혼잣말을 중얼거리며 혹시 다친 데는 없는지 팔다리를 움직여보았다. 다행히 상처는 없는 듯했다. 그런데 돈이 없었다. 개가 하필이면 주머니를 물어뜯어 얼마 남지 않은 돈이 흔적도 없이 사라져 버린 것이었다.

"하느님이 정말 존재한다면 이런 일은 절대 벌어지지 않아, 절대로!"

남자의 목소리는 거의 흐느낌에 가까웠다. 최악의 상황이 연속되고 있었지만 걸음을 멈출 수는 없었다. 어떻게든 잠자리를 찾아야만 하기 때문이었다. 작은 다리 두 개를 건넜고, 주 청사를 지났다. 그러자 높이 솟은 첨탑과 함께 성당 건물이 나타났다.

남자는 성당 정문을 지나치면서 주먹감자를 올려붙였다. 그러고는 성당 앞 광장 구석의 석조 벤치에 벌러덩 드러누워 버렸다. 더 이상 몸을 움직일 기운도, 의지도 없는 까닭이었다. 남자는 그렇게 몸을 누인 채 알프스에서 불어오는 차가운 밤바람을 온몸으로 맞고 있었다.

잠시 후, 성당에서 나오던 한 부인이 벤치에 누워 있는 남자를 발견하고는 깜짝 놀라서 물었다.

"날씨도 차가운데 여기서 뭐 하세요?"

남자가 기운 없는 목소리로 대답했다.

"보시는 것처럼 누워 있지 않습니까?"

부인이 다시 물었다.

"춥지 않으세요?"

"춥네요."

"그럼 집으로 들어가시지, 왜 여기서……."

"갈 집도 없고, 돈도 잃어버려 다른 방법이 없어요."

부인은 남자를 딱한 시선으로 쳐다보았다.

"어떡하죠? 나도 돈이 조금밖에 없는데……."

"……."

부인은 남자에게 동전 네 개를 쥐여 주었다. 하지만 그 돈으로는 잠자리는커녕 밥 한 끼도 해결할 수 없었다. 큰 도움이 되지 못해 미안했는지, 부인이 말을 이었다.

"이대로 밤을 새면 큰 병에 걸리거나 죽을 수도 있어요. 그러니 어서 잠잘 곳을 찾아보세요."

"말씀은 고맙습니다만, 여관에서도 선술집에서도 다 쫓겨나고 말았습니다. 더 이상 갈 곳이 없어요."

남자는 이제 말을 할 기운마저 떨어지고 있었다. 잠시 망설이던 부인이 광장 한쪽 구석에 자리 잡고 있는 초라한 집을 가리키며 물었다.

"혹시 저 집도 가 보았나요?"

"가 보지는 않았지만 다른 곳과 마찬가지일 겁니다."

남자의 대답에 얼굴이 다소 환해진 부인이 말했다.

"아니요, 그렇지 않아요."

"네?"

"지금 당장 가 보세요."

남자가 벤치에서 일어나자, 가벼운 미소로 인사를 마친 부인은 조용히 한 구역 건너 골목으로 모습을 감추었다.

미리엘 주교와 은촛대

프랑수아 미리엘 주교는 평소에 밤늦게까지 글을 쓰는 습관을 가지고 있었다. 그래서 저녁을 먹는 시간이 다른 사람들에 비해 매우 늦은 편이었다. 낯선 손님이 찾아온 그날 밤도 마찬가지였다. 저녁 9시가 다 될 무렵까지 글쓰기에 집중하고 있던 주교는 주방 일을 책임진 마글루아르가 식기 챙기는 소리를 듣고 난 후에야 출출함을 느끼게 되었다.

"오늘따라 배가 몹시 고픈걸?"

미리엘 주교가 주방으로 들어서며 말했다. 그러자 마글루아르 옆에서 저녁 차리는 일을 거들고 있던 주교의 여동생 바티스틴이 가볍게 미소를 지으며 대꾸했다.

"갑자기 찾아온 손님 때문에 점심밥을 부실하게 드셨잖아요."

10여 년 전부터 디뉴 성당을 지켜 온 미리엘 주교는 올해로 나이가 일흔다섯이나 되는 늙은 신부였다. 낡고 허름한 집에서 함께 살고 있는 여동생 바티스틴과 주방 일을 하는 마글루아르는 주교보다 열 살이 어렸다. 하지만 하느님을 섬기는 마음만큼은 그 누구보다 강한 독실한 신자들이었다.

주교와 두 신도가 살고 있는 허름한 집은 본래 시립 병원 건물이었다. 그런데 주교가 디뉴에 도착한 지 얼마 지나지 않아 이곳 시립 병원을 방문하게 되었고, 가난하기 이를 데 없는 불쌍한 환자들이 도떼기시장 같은 열악한 환경에서 치료받고 있는 모습을 보게 되었다.

시립 병원의 원장을 만난 주교가 물었다.

"지금 이 병원에 입원해 있는 환자가 몇 명이나 됩니까?"

"30여 명 됩니다."

"병원 밖에서 웅성거리는 사람들은 뭔가요?"

"불쌍한 환자들이지요. 입원할 병실이 없으니 차례를 기다리고 있는 중이랍니다."

"이 병원에 병실은 몇 개나 있습니까?"

"여섯 개입니다."

"그렇군요."

잠시 생각에 잠겨 있던 주교가 원장에게 말했다.

"우리, 집을 바꿉시다."

"예? 그게 무슨 말씀이신지……."

"병원과 주교관을 바꾸자는 말입니다."

"……."

원장은 아직 주교가 한 말을 제대로 이해하지 못해 어리둥절해하고 있었다. 그런 원장을 보고 가볍게 미소를 지으며 주교가 말을 이었다.

"내가 사는 주교관은 최소한 60~70명이 살 수 있는 저택입니다. 그런데 달랑 셋이 기거하고 있지요. 하지만 이 시립 병원은 10여 명이 살기에도 턱없이 비좁은 공간에 30여 명이나 되는 환자가 입원해 있는 데다가, 대기 중인 사람도 저렇게 많습니다. 그러니 서로의 공간을 바꾸어 유용하게 쓰자는 말입니다."

"주교님께서 어떻게 이런 누추한 곳에……!"

"천만에요, 우리 세 사람에게는 이곳도 너무 넓습니다."

미리엘 주교는 자신을 위해 지출하는 돈이 거의 없을 정도로 검소한 사람이었다. 성직자가 된 이후, 성당에서 나오는 급료는 언제나 불쌍한 이웃들을 위해 사용했다. 그래서 주교관의 살림살이는 많지 않았다. 귀중품 역시 있을 턱이 없었다. 다만 한 가지, 그나마 값이 조금 나가는 물건이 있다면 사제 서품을 받을 당시 어머니로부터 선물 받은 은접시 여섯 개와 은촛대 두 개뿐이었다.

"주교님을 이런 곳에서 살게 할 수는 없습니다."

"그 얘기는 끝난 걸로 하십시다."

원장의 거듭된 고사에도 불구하고 환자를 먼저 생각해야 한다는 주교의 의견을 따르지 않을 수 없었다. 그래서 바로 그다음 날, 주교관과 시립 병원이 맞바꿔지게 되었다.

미리엘 주교가 식탁에 앉자, 여동생 바티스틴과 마글루아르의 손길이 더욱 분주해지기 시작했다.

"시장이 반찬이라는데, 너무 서두르지는 말거라."

"시장하다는 말씀은 오라버니께서 먼저 하셨네요."

늙은 남매간의 대화에 마글루아르가 끼어들었다.

"참, 그런데 주교님!"

"말씀하세요, 자매님."

"해 질 녘에 저녁거리를 장만하러 시장엘 갔는데, 거기서 만난 사람들의 이야기가 여간 마음에 걸리지 않습니다."

"무슨 얘기를 들으셨나요?"

"식당과 여관에서 쫓겨난 부랑자에 대해서……."

마글루아르는 시장에서 들었던 이야기를 남김없이 미리엘 주교에게 들려주었다. 그래서 오늘 밤만큼은 다른 날과는 달리 대문을 잘 잠그고 잤으면 좋겠다고 했다. 하지만 주교는 고개를 가로저었다. 그리고 뭔가를 다시 말하려던 순간, 문 두드리는 소리가 들려왔다.

"열려 있습니다. 들어오세요."

주교의 허락이 떨어지자마자 한 남자가 안으로 들어왔다. 구질구질한 배낭 하나에 허름하기 이를 데 없는 차림새를 하고 있는 그 남자는 조금 전에 마글루아르가 말했던 바로 그 사람이었다. 남자가 안으로 들어오자, 마글루아르와 주교의 여동생 바티스틴의 얼굴이 파랗게 질렸다. 그러나 미리엘 주교의 표정에는 아무런 변화도 없었다.

"무슨 일로 오셨습니까?"

주교가 차분한 목소리로 물었다.

"저는 장 발장이라고 합니다."

남자는 대뜸 자기 이름부터 밝혔다. 은근히 기대를 하고 있다가 나중에 쫓겨나느니, 차라리 처음부터 자신의 신분을 밝히고 가부간 결판을 내 버리는 것이 더 마음 편할 것 같았기 때문이다.

"저는 지난 19년간 감옥살이를 한 사람입니다. 나흘 전에 툴롱 교도소에서 석방되었지요."

"이곳 디뉴에 가족이 살고 계신가요?"

"아닙니다. 제 누이와 조카들은 퐁타를리에라는 곳에 살고 있습니다. 그래서 이곳을 지나치게 되었지요."

툴롱 교도소를 출발한 장 발장은 지난 나흘 동안 쉬지 않고 걸어 이곳 디뉴에 도착했다고 말했다. 하루 평균 50여 킬로미터씩을 걸었던 것이다.

"저는 아직 신분증이 없기 때문에 도시에 도착할 때마다 시청에 들러 통행증을 발급받아야만 합니다. 그런데 그 통행증이라는 것이 제가 전과자라는 사실을 누구나 쉽게 알아볼 수 있는 노란색입니다."

그래서 장 발장은 여관에서도 식당에서도, 심지어는 선술집에서마저도 쫓겨나는 처지일 수밖에 없다고 했다. 결국 허기와 지친 몸을 이기지 못해 벤치에 누워 있는데, 어떤 마음씨 착한 부인이 자신의 전 재산인 동전 네 개까지 건네주면서 이곳으로 가 보라고 권했다고 했다.

"잘 오셨습니다."

장 발장의 얘기를 듣고 있던 주교가 예의 차분한 목소리로 말했다.

"여기가 여관인지 식당인지 저는 잘 모르겠습니다. 그런데 제가 가진 것이라고는 겨우 동전 네 개밖에 없습니다. 19년 동안 감옥살이를 하면서 번 돈 109프랑이 있었지만, 개집에서 잠을 자다 물어뜯기는 바람에 도망을 치다가 잃어버리고 말았습니다."

"돈을 내실 필요는 없습니다."

"여기서도 쫓겨나면 저는 길바닥에서 자야 합니다. 게다가 종일토록 한 끼도 먹지 못해 배가 몹시 고픕니다. 제발 저를 좀 도와주십시오."

돈을 받지 않겠다는 주교의 말을 다른 식당에서 그랬던 것처럼 그냥 나가라는 뜻으로 해석한 장 발장은 거의 울다시피 통사정을 했다. 아직 가을이라고는 하지만 알프스에서 불어오는 밤바람은 여간 매섭지가 않아 자칫하면 목숨을 잃을 수도 있기 때문이었다. 이제 겨우 자유의 몸이 되었는데 그럴 수는 없는 일이었다.

"마침 우리도 저녁 식사를 하려던 참이었습니다. 마글루아르 자매님, 기왕에 준비하면서 여기 손님 식사도 같이 좀 내주세요."

주교의 말에 화들짝 놀란 장 발장은 자기 귀를 의심했다. 지금까지는 전과자라는 이유 때문에 돈을 낸다 해도 밥 한 끼, 방하나를 구할 수 없었다. 그런데 지금 자신의 눈앞에 앉아 있는 노인은 돈을 받지도 않고 밥을 주려 하고 있기 때문이었다.

"어르신, 저는 전과자입니다. 이것은 통행증이고요."

주교의 말이 도저히 믿기지 않은 장 발장은 자기 신분을 다시 한 번 설명했다. 그리고 통행증에 쓰여 있는 내용까지 읽어 주었다. 시청에서 발급한 통행증에는 장 발장이라는 이름과 나이, 감옥에서 출소한 날짜, 그리고 가택 침입과 절도죄로 선고받은 5년 형기와 네 번에 걸쳐 탈옥을 시도하다 실패한 대가로 선고받은 14년 형기 등이 자세하게 적혀 있었다. 게다가 그 통행증 끝에는 붉은색 굵은 글씨로 '대단히 위험한 인물'이라는 말이 직인처럼 박혀 있었다.

"어르신은 제가 무섭지 않나요? 이런 제게 밥을 주시겠다고요? 혹시 먹다 남은 개밥이라도 있나요?"

그러나 주교의 표정은 여전히 처음 그대로였다.

"자, 여기에 앉으시오. 곧 식사 준비가 끝날 겁니다. 그리고 잠자리도 준비해 드릴 테니 이제 마음을 편히 하세요."

"예? 돈도 없는데 잠까지 재워 주시겠다고요?"

"달리 갈 곳이 없다고 하지 않았나요?"

"그렇긴 하지만……. 어쨌든 어르신은 참으로 고마우신 분입니다. 그런데 여기는 식당입니까, 아니면 여관인가요? 어르신이야 마음씨 고운 주인이실 테고……. 아무리 보아도 선술집은 아닌 것 같은데."

장 발장의 물음에 가볍게 미소를 지어 보인 주교가 입을 열었다.

"이곳은 여관도 식당도 선술집도 아니랍니다."

"그러면……?"

"이 집은 디뉴 성당의 신부가 사는 주교관이고, 나는 10여 년 전부터 여기에 살고 있는 신부지요."

"아! 신부님……."

장 발장은 그제야 주교의 정수리를 덮고 있는 동그란 모자를 발견할 수 있었다. 조금 전 성당 정문을 지나치면서 주먹감자를 날렸던 스스로를 잠시 반성하고 있을 때, 주교의 손이 자신을 향해 다가오는 것을 보았다. 장 발장은 말없이 손을 내밀었다. 미리엘 주교는 장 발장의 손을 잡고 식사 기도를 했다.

장 발장은 기도가 끝나자마자 밥을 먹기 시작했다. 종일토록 아무것도 먹은 것이 없었기 때문에 그는 눈 깜짝할 사이에 그릇을 비워 버렸다. 그렇게 배를 채운 후에야 장 발장은 난생처음으로 귀족들처럼 은접시에 담긴 음식을 먹었다는 사실을 깨달았다.

"하루 종일 걸어 많이 피곤하실 텐데, 나랑 같이 방으로 가십시다."

"정말로 저를 재워 주시겠습니까?"

"형제께서는 거짓말하는 신부를 본 적이 있나요?"

"그런 건 아니지만……. 저는 전과자입니다."

"하느님께서는 모든 이에게 공평하십니다."

주교는 장 발장에게 은촛대 하나를 쥐여 주었다. 그리고 자리에서 일어났다. 장 발장 역시 엉거주춤 일어나 주교의 뒤를 따랐다. 두 사람이 주방을 나설 때, 설거지를 마친 마글루아르가 은접시를 찬장에 넣고 있었다.

어길 수 없는 약속

가난한 농부의 아들로 태어난 장 발장은 일찌감치 어머니를 여의었다. 그의 아버지는 가진 것이 워낙 없었기 때문에, 어머니 얼굴도 기억하지 못하는 불쌍한 아들을 교육시킬 수조차 없었다. 하지만 장 발장의 그러한 불운은 시작에 불과했다. 장 발장이 사춘기에 접어들었을 때 아버지마저 사고를 당해 세상을 떠나고 말았고, 졸지에 고아가 되어 버린 그는 하나밖에 없는 누이의 집에서 더부살이를 할 수밖에 없었다.

일찌감치 결혼을 한 장 발장의 누이는 연년생으로 자식을 일곱 명이나 낳았다. 그런데 장 발장이 20대 중반이 되었을 때 매형마저 병에 걸려 저세상으로 떠나 버렸다. 장 발장은 자연스럽게 누이네 집의 가장 역할을 할 수밖에 없었다. 하지만 글도 깨치지 못한 무식쟁이였기 때문에, 보수가 적을 뿐만 아니라 남들이 하려 들지 않는 험한 일만 맡게 되었다.

장 발장의 누이 역시 열심히 일했다. 그러나 두 사람의 수입으로는 일곱 명이나 되는 아이들의 배고픔조차 제대로 해결해 줄 수 없었다. 일감이 없는 겨울에는 특히 더했다. 때로는 빵을 구울 밀가루 한 줌마저 없을 때가 있었다. 장 발장에게 또 다른 불행이 시작된 그날 역시 마찬가지였다.

살을 에는 듯한 찬바람이 불어 대는 늦은 저녁, 장 발장은 집을 나와 무작정 거리로 나섰다. 이틀 동안 아무것도 먹지 못한 조카들의 칭얼거림을 더 이상 들을 수가 없었기 때문이다. 답답함을 견디지 못해 무작정 걷고 있던 장 발장의 시야에 빵집 하나가 들어왔다. 그와 동시에 발걸음은 그곳으로 향했다. 빵집 문은 이미 닫혀 있었으나, 철창을 덧댄 유리창 안쪽으로 잘 구워진 빵들이 나란히 진열되어 있었다.

장 발장은 아무 생각이 없었다. 하지만 불끈 쥔 그의 주먹은 이미 빵집의 철창과 유리창을 뚫고 들어가 빵 하나를 끄집어내는 중이었다. 유리창 깨지는 소리에 빵집 주인이 방에서 나왔다. 장 발장은 손에 잡힌 빵을 움켜쥐고 죽을힘을 다해 달렸다. 하지만 그 역시 이틀이나 굶은 처지였다. 그래서 얼마 가지 않아 빵집 주인에게 뒷덜미를 잡힐 수밖에 없었다.

"장 발장! 기물 파손, 무단 침입, 절도 등의 혐의로 징역 5년에 처한다!"

현장에서 잡혀 변명의 여지가 없게 된 장 발장은 결국 툴롱 교도소로 넘겨졌고, 그렇게 징역살이를 하게 되었다. 장 발장이 아닌 죄수 번호 24601호가 된 것이었다. 처음에는 누이와 어린 조카들이 걱정되었지만, 참혹하기 이를 데 없는 감옥살이가 길어질수록 그들에 대한 기억이 가물가물해졌다.

그렇게 4년이 흘렀다. 그러나 장 발장은 나머지 1년을 견딜 자신이 없었다. 그래서 같이 갇혀 있던 사람들과 함께 탈옥을 감행했다. 하지만 이틀 뒤에 다시 체포되었고, 탈옥 미수죄가 추가되어 형기가 3년 불어났다. 감옥살이 6년째 되던 해에 다시 탈옥을 했다. 그러나 역시 성공하지 못했다. 체포될 당시 심하게 반항을 하는 바람에, 이번에는 탈옥 미수와 공무 집행 방해가 추가되어 형기 5년이 불어났다. 그리고 10년째에 또 한 번 탈옥했고 역시 실패해 3년 추가, 13년째에 다시 한 번 시도하여 또 실패하는 바람에 3년이 더해졌다. 그래서 장 발장의 형기는 총 19년이 되었다.

장 발장이 모든 형기를 마치고 자유의 몸이 된 것은 1815년 10월이었다. 19년 동안 징역살이를 하면서 얻은 것이라고는 오직 하나, 학교에 다닌 적이 없던 그가 글을 깨쳤다는 사실이었다. 어쨌든 유리창을 깨고 빵 하나를 훔쳐 달아난 죄가 19년이라는 세월을 교도소 안에서 살게 한 것이었다.

장 발장이 잠에서 깬 것은 모든 사람이 잠에 깊이 빠져 있는 새벽 2, 3시 무렵이었다.

쌓인 피로 때문에 처음에는 금세 잠이 들었지만, 지나치게 편안한 침대가 오히려 몸에 익숙하지 않아 눈이 떠진 것이었다. 잠에서 깬 장 발장의 머릿속은 복잡했다. 무엇보다 저녁을 먹고 난 뒤에 보았던 은접시가 눈앞에 아른거려 견딜 수가 없었다.

찬장에 진열된 은접시는 모두 여섯 개였다. 그것을 내다 팔면 최소한 200프랑은 받을 수 있을 것이었다. 하지만 장 발장은 고개를 가로저었다. 누구도 받아 주지 않은 자신을 불러들여 주린 배를 채워 주고, 훌륭한 침대에서 잠까지 재워 준 신부의 부드러운 미소가 떠올랐기 때문이다.

그렇게 한 시간여 동안 갈등을 거듭하던 장 발장은 자리에서 일어나 배낭을 챙겼다. 그리고 주방으로 들어가 은접시를 담았다. 200프랑이면 개에게 쫓기면서 잃어버린 109프랑, 그러니까 지난 19년 동안 감옥살이를 하며 뼈 빠지게 일해서 모은 돈의 두 배 가까운 금액이었다. 밖으로 나가는 길은 이미 머릿속에 그려져 있었다. 거듭된 탈옥을 감행하면서 늘어난 눈썰미가 결정적인 역할을 해 주었다. 허기와 피로를 씻어 낸 장 발장이 야트막한 주교관의 담장을 넘는 것은 식은 죽 먹기보다 쉬웠다.

"주교님, 은접시가 모두 없어졌어요!"

다음 날 아침, 식사를 준비하기 위해 일찌감치 일어난 마글루아르가 겁에 질린 목소리로 주교를 깨웠다.

"어젯밤에 온 그 남자와 함께 사라지고 말았다고요!"

하지만 주교의 표정에는 별다른 변화가 없었다. 마치 처음부터 모든 것을 알고 있었다는 듯, 입가에 가벼운 미소까지 번지는 것이었다.

"마글루아르 자매님."

"예."

"그 접시는 처음부터 우리 것이 아니었습니다."

"우리 것이 아니라니요?"

"처음부터 그 형제님 것이었는데 우리가 잠시 빌려 쓴 거예요."

"이젠 음식을 담을 그릇도 없는데……."

마글루아르가 울상을 짓고 있을 때, 대문이 열리면서 사람들이 들어왔다. 집 안으로 들어온 사람은 경찰 두 명과 장 발장이었다. 지난 새벽에 은접시와 함께 사라졌던 장 발장은 수갑을

찬 채 고개를 숙이고 있었다. 잠시 후, 경찰 한 명이 주교 앞으로 다가와 공손하게 인사를 하고 입을 열었다.

"주교님! 이곳에서 은접시를 훔쳐 달아나던 도둑을 잡아 왔습니다."

그러자 주교가 얼굴 가득 웃음을 지어 보이며 말했다.

"오, 형제님! 제가 지난밤에 준 촛대는 왜 가져가지 않았나요? 그 촛대 역시 은으로 만들어진 것이라 가격이 꽤 나갈 터인데……."

주교의 말이 끝나자, 장 발장의 팔을 잡고 있던 경찰이 어리둥절한 표정으로 물었다.

"아니, 그러면 이 사람이 갖고 있는 은접시들은 주교님께서 주신 거란 말씀입니까?"

주교가 대답했다.

"내가 주지 않았다면 어떻게 저 형제님 배낭에 그 그릇들이 들어 있겠소?"

또다시 감옥 생활을 하게 되리라고 생각했던 장 발장은 주교가 하는 말을 듣고는 정신을 차릴 수가 없었다. 은혜를 저버리고 물건까지 훔쳐 달아난 도둑을 어쩌면 저토록 감싸 줄 수 있는지, 사람이 아닌 천사라는 생각이 들었다.

경찰이 물었다.

"그러면 이 사람을 풀어 줘도 괜찮겠습니까?"

"당연한 말씀입니다. 죄 없는 사람을 감옥에 가게 할 수는 없지요."

주교의 말에 경찰들은 머쓱한 표정으로 장 발장의 손을 옥죄고 있던 수갑을 풀어 준 뒤, 주교를 향해 공손하게 인사를 하고는 대문 밖으로 사라졌다. 경찰들이 나가자 장 발장이 주교 앞에 무릎을 꿇고 울먹였다.

"정말로 저를 용서해 주시는 겁니까?"

"일어나시오, 형제님. 그리고 저기에 있는 은촛대도 가져가시오. 형제님, 이 집 대문은 늘 열려 있으니 언제든 와도 괜찮답니다. 다만 한 가지, 앞으로는 대문만 이용하세요."

그리고 주교는 장 발장 앞으로 한 발 더 다가서서 그의 귓전에 입을 대고는 마글루아르와 바티스틴이 듣지 못할 만큼 낮은 목소리로 속삭였다.

"형제님, 그대가 여기서 가져간 물건들은 스스로를 정직한 사람으로 만드는 데 사용하겠다는 나와의 약속을 절대 잊지 말아야 합니다."

장 발장은 고개를 끄덕였다. 그것은 자신도 모르게 한 행동이었다. 그렇게 해서 장 발장은 미리엘 주교와 정직한 사람으로 거듭날 것을 약속한 셈이었다.

코제트와 테나르디에, 그리고 마들렌과 자베르

비교적 저렴한 여관에 식당까지 겸하고 있는 워털루 상사는 파리 근교에 있는 몽페르메유에 자리하고 있었다. 그 여관은 테나르디에 부부가 운영하고 있었는데, 남편인 테나르디에는 자신이 워털루 전투에 참전해 큰 공을 세운 상사였다는 말을 입에 달고 다니며 으스대는 사람이었다. 그래서 가게 이름까지 '워털루 상사'라고 지은 것이었다.

어느 날, 워털루 상사에 낯선 여인이 찾아왔다. 그 여인은 매우 아름다운 외모를 갖고 있었지만 행색이 몹시 초라했다. 게다가 그녀는 이제 겨우 젖을 뗀 듯한 귀여운 여자아이를 안고 있었다.

"무슨 일로 오셨나요?"

두 아이를 돌보면서 가게를 지키고 있던 테나르디에 부인이 물었다. 그러자 여인은 우선 테나르디에 부인에게, 유복한 집에서 자라서 그런지 아이들이 매우 밝고 귀엽다며 칭찬한 뒤 말을 이었다.

"저는 파리에서 살다가 고향으로 돌아가는 중입니다."

"고향에는 왜 가는 거예요?"

"얼마 전에 남편이 사고를 당해 세상을 떠나고 말았답니다. 게다가 일하던 공장이 문을 닫아 살길이 막막해지고 말았지요. 그래서 고향으로 가는 길이에요."

엄마가 말을 하는 바람에 가슴에 안겨 있던 아이가 눈을 떴다. 그리고 비슷한 또래의 아이들이 놀고 있는 모습을 보고는, 그쪽으로 가고 싶다는 표정을 지으며 작고 앙증맞은 팔다리를 버둥거렸다.

"같이 놀게 해 주세요."

테나르디에 부인의 말에 여인이 아이를 바닥에 내려놓았다. 그러자 아이는 두 다리를 아장거리며 또래들이 놀고 있는 곳으로 향했다. 세 아이는 금세 친구가 되어 깔깔거리며 놀기 시작했다.

"나는 워털루 상사의 안주인인 테나르디에 부인이랍니다. 그

쪽은 이름이 어떻게 되나요?"

"저는 팡틴이라고 해요. 제 딸아이는 머지않아 세 살이 되는데, 코제트라고 부르지요."

"세 살이라면 우리 큰아이랑 비슷하네요. 저 아이들 노는 모습이 마치 친자매 같지 않아요?"

"정말 그렇네요."

대답과 함께 아이들이 노는 모습을 바라보고 있던 팡틴의 눈가에 갑자기 이슬이 맺히기 시작했다. 깜짝 놀란 테나르디에 부인이 물었다.

"왜 그러세요? 팡틴, 어디 아픈 데라도 있나요?"

"아닙니다, 테나르디에 부인. 다만⋯⋯."

울먹임 때문에 팡틴은 말을 잇지 못했다. 답답해진 테나르디에 부인이 팡틴의 손을 잡아 주었다.

"무슨 일인지 모르겠지만 진정하고 얘기를 해 보세요."

"부인은 정말 친절한 분이군요."

"그런가요?"

한참 만에 흐느낌을 진정시킨 팡틴이 입을 열었다.

"친절하신 테나르디에 부인께 어려운 부탁이 하나 있습니다."

"말씀하세요."

"저는 코제트랑 함께 살고 싶어요."

"지금 함께 살지 않나요?"

"지금은 함께 있지만, 제가 일을 하려면 코제트를 누군가가 돌봐 줘야만 해요. 아이가 딸린 사람한테는 일자리를 주지 않거든요."

"그렇다면⋯⋯?"

"부인께서 제 딸아이를 잠시 돌봐 주시면 안 될까요? 부인은 친절한 분이시고, 아이들 역시 금세 친해져서 저렇게 잘 놀고 있으니 마음이 놓일 듯해서 그렇습니다."

"글쎄요."

"매달 6프랑씩 드리겠습니다. 부탁합니다."

바로 그 순간, 식당 쪽에서 큰 소리가 들려왔다.

"최소한 7프랑은 받아야 해! 6프랑으로 어떻게 아이를 키워!"

갑작스러운 목소리에 화들짝 놀란 팡틴이 말했다.

"그렇게 할게요. 7프랑씩 드리겠습니다."

그러자 남자의 목소리가 또 한 번 들려왔다.

"보증금 15프랑에 반년분 선불로 해서 42프랑을 더하면 총 57프랑이야. 그 돈을 먼저 받기 전에는 절대로 안 돼!"

"드릴게요. 그 돈을 드리고도 20여 프랑은 남으니 고향까지

갈 수 있어요. 얼른 돈을 벌어서 다시 오겠습니다."

계약은 그렇게 체결되었다. 이튿날, 팡틴은 코제트를 워털루 상사에 맡겨 두고 길을 떠났다. 그녀는 테나르디에 부인을 철석같이 믿고 있었다. 얼마 지나지 않아 자리를 잡을 수 있을 테고, 곧 사랑하는 딸 코제트를 데려갈 수 있을 것이라 생각했다. 하지만 그것은 팡틴과 코제트의 희망 사항일 뿐이었다.

워털루 상사를 운영하고 있는 테나르디에 부부는 절대로 선한 사람들이 아니었다. 가게를 지나치는 낯선 사람들 대부분이 잠재적인 고객이기 때문에 친절한 척하곤 했지만, 그들의 가슴속에는 겉모습과는 정반대인 나쁜 근성이 가득 차 있었다.

그런 까닭에 워털루 상사는 여관도 식당도 장사가 잘 안 되었다. 동네 물정을 모르는 사람이 어쩌다 한 명씩 들르는 정도에 불과했다. 코제트를 맡기고 돈을 벌기 위해 길을 떠난 팡틴이 그 대표적인 예였다. 따라서 코제트는 그들 부부에게 있어서 느닷없이 굴러 들어온 복덩이나 마찬가지였다.

어쨌든 악한 심성을 지닌 테나르디에 부부는 채 1년도 지나지 않아 코제트가 너무 빨리 자라 돈이 더 들어간다는 이유로 양육비를 7프랑에서 12프랑으로 올렸다. 그리고 그다음 해에는 15프랑으로 인상했다. 직장 생활을 해야 하는 팡틴은 그들의 요구를 고스란히 들어줄 수밖에 없었다. 하지만 코제트는 엄마에게서 오는 돈이 많아져도 여전히 모진 구박과 천대를 받았다. 한 번도 새 옷을 입어 본 적이 없을 뿐만 아니라, 여섯 살이 되기도 전에 가게 앞길을 청소해야 했다.

한편, 코제트를 워털루 상사에 맡긴 팡틴은 쉬지 않고 걸어 고향 몽트뢰유 쉬르 메르에 도착했다. 그녀의 고향은 이미 10년 전의 모습이 아니었다. 그 지방에 많이 매장되어 있는 검은 색 투명한 돌이 장식품으로 개발되는 바람에 도시 못지않은 발전을 거듭한 까닭이었다.

장식품을 개발해 엄청나게 돈을 모은 사람은 그 지방 출신이 아니었다. 들리는 소문에 의하면, 그가 처음 몽트뢰유 쉬르 메르에 도착했을 때는 부랑자 같은 차림새였다고 한다. 다행히 그의 수중에는 300~400프랑의 돈이 있었고, 그 돈을 밑천으로 새로운 장식품을 개발해 불과 몇 년 만에 그 자신은 물론 마을 전체를 부유한 도시로 만들었다는 것이다.

또 하나의 소문은 그가 몽트뢰유 쉬르 메르에 도착하던 날, 우연하게도 시청에 큰불이 났다고 한다. 엄청난 불길 속에서 살려 달라는 아우성이 빗발치고 있었지만 아무도 불길을 뚫고 들어가는 사람은 없었다. 그 와중에 남자는 마치 죽음을 각오한 사람처럼 불타고 있는 시청 안으로 달려 들어갔고, 많은 사람을 살려 낼 수 있었다. 그렇게 해서 목숨을 구한 사람 중에 경찰서 서장의 두 아들도 포함되어 있었다.

목숨을 건 남자의 용감함은 모든 사람의 본보기가 되었고, 그 날 이후 아무도 그에게 신분증을 요구하는 사람이 없었다. 오직 알려진 것이라고는 그가 쉰 살 정도의 많은 나이에도 불구하고 친절함과 용감함으로 똘똘 뭉친 진짜 사나이라는 사실과, 마들렌이라는 이름뿐이었다.

어쨌든 장식품 사업을 시작한 마들렌은 첫해부터 엄청나게 돈을 벌었고, 이듬해에는 대규모의 공장을 지어 정직한 사람이라면 누구나 일할 수 있도록 했다. 또한 시설이 좋지 않은 병원에 기부금을 내기도 하고, 가난한 사람들이 살 수 있는 집을 짓기도 했다. 나아가 돈이 없어 배우지 못하는 아이들을 위해 학교를 세워 정상적인 교육을 받을 수 있는 기회를 주기도 했다. 그럼에도 그의 통장에는 아직 엄청난 잔고가 남아 있다는 소문이 자자했다.

1819년이 밝은 지 얼마 되지 않은 어느 날, 국왕이 마들렌을 몽트뢰유 쉬르 메르의 시장으로 임명할 것이라는 소문이 나돌기 시작했다. 그러자 타지에서 굴러 들어와 엄청난 성공을 거둔 마들렌을 마땅치 않게 생각하던 사람들이 때를 만난 듯 비난 공세를 퍼부었다. 그로부터 며칠 후, 마들렌은 정말로 시장에 임명되었다. 하지만 그는 국왕이 하사한 임명장은 물론, 지역 발전에 공헌한 대가로 수여한 표창장도 받지 않았다. 그래서 마들렌은 시민들로부터 더욱 존경받는 인물이 되었다.

그리고 1년 후, 국왕은 또다시 마들렌을 시장에 임명했다. 하지만 그는 정중하게 사양했다. 그러자 수많은 시민이 들고일어났다. 시민을 진정으로 위할 줄 아는 마들렌은 당장 국왕의 임명장을 받아야 한다며 농성까지 하는 사태가 벌어진 것이었다. 마들렌은 어쩔 수 없이 임명장을 받을 수밖에 없었다. 마들렌이 몽트뢰유 쉬르 메르에 첫발을 디딘 지 5년째 되던 해의 일이었다.

마들렌이 몽트뢰유 쉬르 메르의 시장이 된 이듬해인 1821년, 미리엘 주교가 서거했다는 소식이 전해졌다. 마들렌은 곧바로 검은색 상복으로 갈아입고 주교의 서거를 추모했다. 2, 3년 전만 해도 마들렌이 그런 행동을 했다면 많은 사람이 수군거렸을 것이다. 하지만 이제 몽트뢰유 쉬르 메르에 마들렌을 비난하는 사람은 없었다. 오직 한 사람, 자베르라는 이름을 가진 경찰만이 날카로운 눈빛을 번뜩이며 마들렌의 행동거지 하나하나를 주시하고 있었다.

어린 시절, 자베르는 거의 혼자서 지냈다. 부모님 모두가 시도 때도 없이 갖가지 범죄에 연루되어 감옥살이를 밥 먹듯 했기 때문이다. 그렇게 불우한 환경에서 자란 자베르는 법을 어긴 사람에 대한 무조건적인 증오심이 나이를 먹을수록 커져만 갔다. 그래서 경찰이 되었고, 잠시 툴롱 교도소에 파견되어 근무한 적도 있었다. 어쨌든 그는 경찰이 된 후에도 공부를 계속해 검찰관이 되었다. 경찰로서는 크게 성공한 셈이었다.

몽트뢰유 쉬르 메르에서 마들렌이 유명해지기 시작하면서 자베르 역시 그를 존경하게 되었다. 하지만 마들렌의 얼굴을 직접 보고 난 후부터 이상한 의구심이 싹트기 시작했다. 분명히 어디선가 본 듯한 얼굴인데, 어렴풋한 그 기억이 썩 유쾌하지 않은 것이기 때문이었다. 그래서 자베르는 마들렌에 대해 뒷조사를 하기 시작했다. 마들렌이 아직 시장이 되기 전의 일이었다.

몽트뢰유 쉬르 메르에 자리를 잡은 마들렌의 사업이 활기를 띠기 시작하던 어느 날이었다. 보다 아름다운 장식품을 만들기 위해 고민을 거듭하던 마들렌은 잠시 머리를 식히려고 산책을 하던 중이었다. 모처럼 바깥 공기를 마시며 한참을 걷다 보니, 저만치에서 무슨 사고가 난 듯 사람들이 웅성거리고 있었다. 마들렌은 서둘러 그곳으로 가 보았다.

사람들 사이를 헤집고 들어가 보니 포슐방 영감이 마차 밑에 깔려 있었다. 포슐방은 그동안 마들렌을 면전에서 비난하고 헐뜯는 데 누구보다도 앞장선 사람 중 하나였다. 그도 그럴 것이

이 도시에서 한때 재산가로 명성을 날리던 자신은 사업을 무리하게 확장하는 바람에 망해서 마부로 전락한 반면, 집도 절도 없이 떠돌던 마들렌이라는 사내는 불과 수백 프랑의 돈을 밑천으로 엄청난 부와 명예를 한꺼번에 얻고 있었기 때문이다.

마차 밑에 깔린 포슐방이 주변 사람들을 향해 살려 달라고 소리치고 있었다. 몇몇 사람들이 그를 끌어내려고 잡아당겨 보았지만 모두가 허사였다. 오히려 힘을 쓰면 쓸수록 마차가 더욱 기울어져 위험해질 뿐이었다.

때마침 길을 지나던 자베르가 사람을 시켜 경찰서에서 기중기를 가져오도록 했다. 하지만 포슐방을 짓누르고 있는 마차는 점점 더 기울어져 기중기가 도착하기 전에 그가 먼저 죽을 것 같았다. 마음이 다급해진 마들렌이 큰 소리로 외쳤다.

"저 밑으로 들어가 마차를 들어 올릴 사람 없습니까? 포슐방 영감님을 구해 주는 사람에게 10프랑을 드리겠소!"

하지만 아무도 나서는 사람이 없었다. 자칫 잘못했다가는 자신마저 깔려 죽을 수도 있기 때문이었다. 마들렌이 다시 소리쳤다.

30프랑, 아니, 50프랑을 드리겠소!"

바로 그때, 자베르가 마들렌 옆으로 다가와 속삭이듯 말했다.

"마들렌 씨, 50프랑에 목숨을 걸 사람은 여기에 없습니다. 단

한 사람을 빼고는 말입니다."

마들렌이 자베르를 바라보았다. 그러자 자베르가 말을 이었다.

"그 사람은 한때 죄수였지요. 툴롱 교도소에서 복역한 적이 있는 전과자만이 그 일을 할 수 있습니다."

마들렌의 안색이 순간적으로 하얗게 변했다. 그 와중에도 마차는 자꾸만 기울어지고 있었다. 그대로 두었다가는 머지않아 포슐방 영감이 숨을 거둘 것이었다. 자베르는 여전히 날카로운 눈빛으로 마들렌을 쏘아보고 있었다. 마들렌이 입고 있던 윗옷을 벗었다. 그러더니 누가 말릴 새도 없이 마차 밑으로 기어들어 힘을 쓰기 시작했다. 하지만 마차는 꿈쩍도 하지 않았다.

"마들렌 씨, 그만 나와요!"

"그러다간 당신까지 마차에 깔려 죽는다고요!"

주변을 에워싸고 있던 사람들이 소리를 질렀다.

"그만 나가시오, 마들렌 씨. 나 때문에 당신이 죽을 필요는 없잖소!"

사경을 헤매고 있던 포슐방 영감까지 마들렌에게 마차 밑에서 나가라고 소리를 질렀다. 하지만 마들렌은 등을 잔뜩 구부린 채 마차를 들어 올리려고 안간힘을 쓰고 있었다.

"으랏차차!"

마들렌의 입에서 괴성이 터져 나왔다. 그와 동시에 땅속에 깊

이 박힌 수레바퀴 하나가 들썩거리며 올라오기 시작했다. 그때 누군가가 '우리 함께 힘을 모으자!'라고 외쳤고, 수많은 사람이 달려들어 기울어진 마차를 들어 올렸다. 죽어 가는 포슐방 영감을 살린 것이었다.

그 일이 있은 후 얼마 지나지 않아 마들렌은 몽트뢰유 쉬르 메르의 시장이 되었다. 시장이 된 마들렌을 볼 때마다 자베르는 알 수 없는 묘한 감정에 빠져들었다. 그래서 공식적인 일로 만나게 될 때는 어쩔 수 없이 예의를 다했지만, 가능한 한 마들렌과 부딪치지 않으려고 애를 썼다.

한편, 어린 나이에 고향을 떠나 파리에서 살다가 10년 만에 돌아온 팡틴을 알아보는 사람은 아무도 없었다. 그러나 다행스러운 것은 마들렌이라는 사람이 큰 공장을 지어 취직을 할 수 있게 된 사실이었다. 팡틴은 열심히 일했다. 덕분에 한 번도 거르지 않고 사랑하는 딸 코제트의 양육비를 보낼 수 있었다. 글을 깨치지 못한 탓에 주변 사람들에게 부탁하여 편지도 보냈다.

그런데 문제가 하나 있었다. 그것은 팡틴이 너무나 예쁘다는 점이었다. 그녀의 아름다운 외모를 시기한 여자들의 수군거림이 나날이 커져 갔다. 그러던 어느 날, 질투심 많은 어떤 여자가 테나르디에 부부가 운영하는 워털루 상사까지 다녀와 팡틴의 모든 과거를 폭로해 버렸다.

사태가 심각하게 흐르자, 공장 감독은 팡틴에게 1년 동안 일한 것에 대한 퇴직금 50프랑을 주면서 해고를 통보했다. 팡틴은 눈앞이 캄캄했다. 그 돈으로는 자기가 살고 있는 집 방세와 코제트의 양육비, 그리고 기본적인 생활비만 쓴다 해도 한 달을 견뎌 내기 힘들었기 때문이다. 그래서 닥치는 대로 일감을 찾아보았지만 그마저도 쉽지가 않았다.

그 와중에 테나르디에 부부로부터 코제트의 옷값 10프랑을 더 보내 달라는 편지를 받았다. 돈이 다 떨어진 팡틴은 머리카락을 팔아 돈을 보내 주었다. 하지만 코제트는 새 옷을 입지 못했다. 여전히 해진 옷을 입고 추위에 떨며 새벽같이 마당을 쓸어야 했다.

그리고 얼마 지나지 않아 이번에는 코제트가 병을 앓고 있으니 병원비 40프랑을 보내라는 편지가 왔다. 팡틴은 앞니 두 개를 팔아 그 돈을 보냈다. 그러나 코제트는 병에 걸린 적이 없었다. 추위에 워낙 익숙해져 그 흔한 감기 한 번 걸리지 않았던 것이다.

그로부터 며칠 후, 팡틴은 편지를 또 한 장 받았다.

100프랑을 보내지 않으면 코제트를 내쫓아 버리겠소!'

팡틴은 결국 딸의 양육비를 마련하기 위해 창녀가 되고 말았다.

거리의 여자로 전락한 팡틴에게 예전의 정숙한 모습을 찾아보기란 불가능한 일이었다. 그녀는 앞가슴이 거의 드러나는 야한 옷에 촌스러운 꽃 장식을 하고는 웃음을 흘리며 남자들을 유혹하곤 했다. 사람들은 그런 팡틴을 '앞니 빠진 고양이'라고 불렀다.

그러던 어느 날, 늘 그랬던 것처럼 저녁때가 되어 거리로 나온 팡틴은 자신을 놀리는 건달과 시비가 붙었다. 건달이 팡틴의 짧은 머리카락을 휘어잡으며 깔깔거리자 화가 난 팡틴이 녀석의 급소를 걷어차 버렸다. 고통을 견디지 못한 건달이 땅바닥에 나뒹굴고 있는 순간, 구경꾼들 사이에서 갑자기 나타난 경찰이 팡틴을 경찰서로 끌고 갔다.

경찰서에서는 마침 자베르가 퇴근을 준비하고 있었다. 팡틴을 끌고 온 경찰관에게 사건 내용을 전해 들은 자베르는 그녀를 유치장에 가두라고 했다.

"너는 최소한 반년 동안 징역살이를 하게 될 거야!"

자베르가 말했다.

"검찰관님, 한 번만 용서해 주세요! 제가 감옥살이를 하면 제 딸이 죽게 될지도 몰라요. 그러니 제발……."

팡틴은 자신이 먼저 그 건달을 공격하진 않았다는 것, 딸이 다른 사람에게 양육되고 있는데 내쫓길 위기에 처해 있다는 것,

그리고 100프랑을 마련하기 위해 창녀가 될 수밖에 없었다는 사정을 얘기했다. 하지만 자베르를 비롯한 경찰관들 중 누구 한 사람 팡틴의 말을 귀담아듣는 이가 없었다.

"어쨌든 사람을 때리는 죄를 지었으니 징역살이는 피할 수가 없어!"

팡틴의 하소연이 끝나자마자 자베르의 차가운 목소리가 경찰서 안에 울려 퍼졌다. 그와 동시에 경찰관들이 팡틴을 유치장에 넣으려고 팔을 잡아끌었다. 바로 그 순간, 또 다른 목소리가 들려왔다.

"잠시만 기다리시오!"

마들렌이었다. 마들렌은 시내의 야간 치안 상황을 점검하기 위해 경찰서에 들렀다가, 끌려 들어온 팡틴의 하소연을 우연히 들었던 것이다.

"이 시간에 웬일이십니까, 시장님?"

시장이라는 말에 흥분한 팡틴이 갑자기 마들렌에게 달려들어 얼굴에 침을 뱉었다. 하지만 마들렌은 얼굴에 묻은 침을 닦으며 차분하게 말했다.

"저 여자를 석방하시오, 검찰관!"

자베르는 도무지 정신을 차릴 수가 없었다. 시장의 얼굴에 침을 뱉은 매춘부도, 그런 매춘부를 석방하라는 시장의 지시도 너무나 상식 밖의 일이었기 때문이다. 잠시 후, 팡틴이 고함을 지르기 시작했다.

"나를 석방하라고? 그게 네놈이 할 말이냐? 난 너 때문에 창녀가 되었어. 네 공장에서 일하는 수다쟁이 계집년들이 착실하게 일하는 나를 내쫓았다고! 결국 네놈 때문에 머리카락도 자르고 이빨도 빼고 창녀가 되었다고!"

한참을 씩씩거리던 팡틴은 구석에 있는 주전자를 들어 물을 벌컥벌컥 마시더니 "어쨌든 나는 나갈 거야!"라고 혼잣말처럼 중얼거리더니 경찰서 출입문을 밀었다.

그러자 자베르가 소리쳤다.

"빨리 잡아! 창녀가 나가고 있잖아?"

"저 여자가 나가도록 가만히 두시오."

마들렌이 말했다.

어찌 된 셈인지 팡틴도 더는 밖으로 나갈 생각을 하지 않고 출입문 앞에 서서 두 사람을 번갈아 쳐다보고 있었다.

자베르가 단호한 어조로 대답했다.

"저 창녀는 시민을 때렸습니다. 그것도 급소를 말입니다."

"검찰관, 나는 어떻게 싸움이 시작되었는지 처음부터 보았소. 시비를 처음 건 사람은 저 여자가 아니라 남자였소."

"저 창녀는 시장님 얼굴에 침을 뱉었습니다. 그 또한 모욕죄에 해당합니다.”

“그건 내가 참으면 끝나는 일이오.”

“시장님, 저는 저에게 주어진 의무를 다할 것입니다. 그래서 저 창녀를 반년 동안 가두어야 하겠습니다!”

“저 여자는 단 하루도 감옥살이를 해서는 안 되는 사람이오.”

“죄송합니다만 그렇게는 못 하겠습니다. 왜냐하면 이 사건은 제 권한이기 때문입니다.”

자베르의 목소리에 약간의 비아냥거림이 섞여 있었다. 그러자 마들렌이 지금까지와는 달리 근엄한 표정을 지으며 말했다.

“이 사건은 몽트뢰유 쉬르 메르에서 벌어진 일이다. 따라서 시장인 나는 형사 소송법에 의해 이 사건을 판결할 수 있는 권한을 가졌다. 지금부터 판사의 자격으로 선고한다. 저 여자를 당장 석방하라!”

할 말을 잃은 자베르는 한참 동안 멍하니 서 있다가 도망치듯 경찰서를 나가고 말았다. 팡틴 역시 이해할 수 없다는 듯 마들렌을 멍한 표정으로 바라보고만 있었다.

팡틴 옆으로 다가선 마들렌이 말했다.

“비록 아무것도 몰랐다 할지라도 그 공장의 주인으로서 당신의 해고 건에 대해 정식으로 사죄드립니다. 앞으로 당신과 딸이 편안한 곳에서 살 수 있도록 조치하겠습니다. 그리고 내 눈에 보이는 당신은 타락한 창녀가 아니라 하느님의 고귀한 딸입니다."

이튿날 아침, 자베르는 출근을 하자마자 파리의 경시총감에게 편지를 썼다. 지난밤에 벌어진 일을 이미 알고 있는 경찰서 사람들은 하나같이 자베르가 사표를 제출한 것이라고 생각했다.

마들렌 역시 편지를 썼다. 수신인은 테나르디에 부부로, 300 프랑을 보낼 테니 코제트를 몽트뢰유 쉬르 메르로 데려와 달라는 내용이었다. 하지만 테나르디에 부부는 510프랑을 내야 데려갈 수 있다는 답장을 보내왔다. 그래서 마들렌은 다시 210프랑을 더 보내 주었다. 하지만 그들 부부는 코제트를 데려오지 않았다.

결국 마들렌은 신경 쇠약 증세에 고열까지 겹쳐 움직일 수 없는 팡틴을 대신해 자신이 직접 워털루 상사로 가서 코제트를 데려오겠다고 결심했다. 팡틴 역시 마들렌의 거듭된 친절에 감사의 뜻을 전했다.

마들렌이 워털루 상사가 있는 몽페르메유로 떠나기 위해 준비를 하던 어느 날 아침, 시장 집무실로 자베르가 찾아왔다. 그런데 그는 지금까지 보아 왔던 건방진 자베르가 아니었다.

"시장님, 죄송합니다."

시장실에 들어오자마자 자베르는 허리를 깊이 숙여 사죄했다.

"자베르 검찰관, 뭐가 죄송하다는 말이오?"

영문을 모르고 있던 마들렌이 물었다.

"저는 지난번 그 여자 사건 때문에 화가 많이 나 있었습니다. 그래서 저는 시장님을 파리의 경시청에 신고했습니다."

"무슨 죄목으로 신고했단 말이오?"

"아시다시피 감옥에서 나온 전과자는 어디를 가든 시청에 신고하고 신분증이나 통행증을 받아야 합니다. 저는 그 법을 어긴 죄목으로 시장님을 신고한 것입니다."

얼굴빛이 하얗게 변한 마들렌이 정색을 하고 물었다.

"그런데 이렇게 찾아와 사과하는 이유는 뭡니까?"

"저는 시장님을 처음 뵐 때부터 그렇게 여겼습니다. 그리고 은밀하게 뒷조사를 하면서 확신을 하게 되었지요. 시장님이 틀림없는 장 발장이라고 말입니다."

"누구라고요?"

이름을 되묻는 마들렌의 입술이 파르르 떨렸다.

"장 발장이라고 했습니다."

"장 발장이라······."

마들렌은 깊게 한숨을 내쉬었다. 자베르의 얘기는 계속되었다.

"장 발장은 제가 잠시 툴롱 교도소에 파견되어 근무할 때 본 적이 있는 인물이었습니다. 그는 19년 동안 감옥살이를 하고 풀려났는데, 불과 며칠도 지나지 않아 디뉴의 미리엘 주교님 댁에서 도둑질을 한 뒤 완전히 자취를 감추어 버렸습니다. 그 장발장이라는 사람이 시장님과 너무나 똑같이 생겼습니다.”

마음을 가라앉힌 마들렌이 신고에 대한 파리 경시청의 반응을 물었다.

“저만 괜히 미친놈이 되어 버렸습니다.”

“왜요?”

“장 발장은 이미 잡혀 교도소에 갇혀 있었거든요.”

파리에서 어떤 노인이 과일을 훔치다 잡혀 교도소에 가게 되었는데, 하필이면 그 교도소에서 만기를 기다리던 모범수가 장 발장의 얼굴을 알아보게 되었다. 그 노인은 자기 이름은 장 발장이 아니라 생마티외라고 끝까지 우겼지만, 툴롱 교도소에서 장 발장과 함께 복역한 적이 있는 다른 죄수들까지 증언하는 바람에 어쩔 수가 없었다는 것이다.

“그 소식을 들은 저 역시 교도소로 가서 확인해 보았는데, 그 노인은 정말 장 발장이었습니다. 그동안 시장님을 의심한 저를 파면시켜 주십시오.”

“그러면 그 노인은 앞으로 어찌 되는 겁니까?”

“사과 절도와 은식기 절도, 그리고 적법한 절차로 신고를 하지 않고 자취를 감춘 죄를 합하면 대략 10년 정도 감옥살이를 하게 될 겁니다."

"재판은 언제입니까?"

"내일 오후에 열립니다. 워낙 증거가 확실해서 저녁이 되기 전에 판결이 날 겁니다."

마들렌은 자베르에게 돌아가도 좋다고 했다. 그러자 자베르가 자신을 파면시켜 달라고 거듭 요청했다. 마들렌이 입을 열었다.

"자베르 검찰관은 자신의 임무에 소홀함이 없는 훌륭한 공직자입니다. 그러니 앞으로 더욱 업무에 충실하면 됩니다."

자베르가 나가고 혼자가 되자, 마들렌은 깊은 생각에 잠겼다.

또다시 감옥으로

이튿날 새벽, 중년 남자를 태운 말 한 마리가 몽트뢰유 쉬르 메르를 벗어나 전속력으로 달리기 시작했다. 말 위에 타고 있는 사람은 마들렌이었다. 마들렌은 그렇게 종일토록 달려 어둠이 드리우기 시작할 무렵에야 재판이 열리는 법원 앞에 도착할 수 있었다.

다행히 법정에는 불이 켜져 있었다. 그것은 아직 재판이 끝나지 않았다는 증거였다. 건물 안으로 들어서자, 출입구를 지키고 있던 경비가 마들렌을 막았다. 방청석이 만원이기 때문에 들어갈 수가 없다는 것이었다.

"법정에 들어갈 수 있는 다른 방법은 없소?"

마들렌이 물었다.

"공무원만 출입할 수 있는 문이 있기는 합니다만……."

경비의 말이 채 끝나기도 전에 마들렌은 몽트뢰유 쉬르 메르의 시장임을 증명하는 신분증을 보여 주었다. 경비는 마들렌에게 공무원 전용 출입문으로 들어가면 법정 뒤쪽이 나올 것이라고 했다.

마들렌은 조심스럽게 법정 안으로 들어갔다. 이미 유명 인사가 된 마들렌을 알아보고 판사가 가볍게 목례를 했다. 죄인을 심문하고 있던 검사 역시 허리를 숙여 예의를 표했다. 하지만 마들렌의 시선은 처음부터 한곳을 향하고 있었다. 마들렌의 눈길이 닿은 곳은 바로 감옥살이를 마치고 세상으로 나왔던 몇 년 전 자신의 모습과 너무나 닮은 한 노인의 얼굴이었다.

잠시 후, 마들렌은 방청석을 훑어보았다. 어찌 된 셈인지 자베르의 얼굴은 보이지 않았다. 그 순간에도 검사는 여전히 장 발장의 죄를 조목조목 열거하고 있었다. 과일을 훔친 것도, 주교의 집에서 은접시를 훔친 사실도, 수많은 사람이 증언하고 있음에도 불구하고 자기 이름이 장 발장이라는 사실마저도 부인하고 있다며 중형에 처하는 것이 마땅하다고 목소리를 높였다.

판사가 말했다.

"죄인에게 마지막으로 진술할 기회를 주겠다."

그러자 잠시 머뭇거리던 죄인이 입을 열었다.

"저는 남에게 해가 되는 일을 한 번도 한 적이 없는 사람입니다. 사람들은 제가 과일을 훔쳤다고 하는데, 제가 한 일은 길에 떨어진 사과를 주워 주인에게 돌려주려 한 것뿐입니다. 그런 저를 붙잡아 도둑으로 내몰더니 이제는 은접시를 훔친 범인이네, 장 발장이네 하면서 말도 안 되는 억지를 부리고 있습니다. 제 이름은 생마티외입니다. 저는 장 발장이 누구인지도 모르는 사람이란 말입니다."

검사가 발끈해서 외쳤다.

"이자는 거짓말쟁이입니다. 자베르 검찰관은 물론 함께 교도소에서 지냈던 세 사람 역시 이자를 장 발장이라고 증언하고 있습니다."

검사가 증인 신청을 했다. 판사는 검사의 신청을 받아 주었고, 곧 증인 세 사람이 법정 안으로 들어왔다. 그들 세 증인의 이름은 각각 슈닐디외, 부르베, 코슈파유였다. 판사가 증인들에게 물었다.

"저 사람이 장 발장인 것이 확실합니까?"

먼저 슈닐디외가 대답했다.

"그렇습니다. 세월이 흘러 조금 더 늙기는 했지만 틀림없는 장 발장입니다. 저는 죄가 커서 장 발장이 툴롱 교도소에 들어오기 전부터 지금까지 징역살이를 하고 있습니다. 그러니까 19년 동안 장 발장을 본 셈이지요. 저 사람은 틀림없는 장 발장입니다."

이번에는 부르베였다.

"저 역시 저기에 있는 장 발장과 오랜 세월을 함께 보냈습니다. 그런데 어찌 장 발장을 모르겠습니까?"

마지막으로 코슈파유가 말했다.

"이 세상에 장 발장은 한 사람밖에 없습니다. 바로 저기에 앉아 있는 저 사람이 장 발장입니다."

증인들이 증언을 마치자 방청객들이 웅성거리기 시작했다. 그러나 판사가 오른손을 높이 쳐들자 법정은 곧 질서를 회복했다. 이제 마지막 판결을 내릴 시간이 되었기 때문이다.

"자, 그럼 판결을 내리도록 하겠소!"

판사의 위엄 있는 목소리가 법정에 울려 퍼졌다. 그와 동시에 법정은 숨소리 하나 들리지 않을 만큼 조용해졌다. 그런데 바로 그때였다. 법정 뒤에서 또 다른 목소리가 들려왔다.

"잠깐! 저 노인은 아무 죄가 없습니다."

사람들의 시선이 일제히 소리 나는 곳으로 옮겨졌다. 중후한 모습의 남자 한 명이 법정 뒤에서 천천히 걸어 나오고 있었다.

"마들렌 시장님이다!"

방청석에 앉아 있던 사람들이 하나 둘씩 일어나 마들렌에게 인사를 하거나 허리를 숙여 예의를 표했다. 하지만 판사와 검사는 이 느닷없는 상황을 어떻게 이해해야 할지 난감했다. 그때 마들렌이 말했다.

　"판사님, 내가 바로 장 발장입니다. 그러니 죄 없는 저 노인을 지금 당장 석방해 주십시오!"

　그러나 법정 안에 있던 그 어떤 사람도 마들렌의 말을 곧이곧대로 믿으려 하지 않았다. 그래서 답답해진 것은 오히려 마들렌이었다. 잠시 생각에 잠겨 있던 마들렌이 입을 열었다.

　"그렇게 믿지 못하겠다면, 제가 장 발장이라는 증거를 보여 드리겠습니다."

　마들렌은 함께 징역살이를 했던 세 사람의 이름을 차례로 불렀다. 그리고 한 사람씩 평소의 습관이나 옷에 가려져 보이지 않는 몸의 상처, 그리고 감옥 안에서 나누었던 얘기까지 단숨에 말해 버렸다.

　"자, 이래도 내가 장 발장이라는 사실을 믿지 못하겠습니까?"

　법정 안에 있던 모든 사람은 순간적으로 넋을 잃고 말았다. 죄 없는 사람을 구하기 위해 모든 것을 던져 버린 마들렌의 마음씨에 말할 수 없이 감동을 받은 것이었다.

"지금 여기서 체포하지 않겠다면 저는 이제 몽트뢰유 쉬르 메르로 돌아가 밀린 일을 마무리하겠습니다. 그리고 언제든 체포하러 오시면 기꺼이 응하겠습니다."

한편, 건강이 더욱 악화된 팡틴은 병원에 누워 가수면 상태에 빠져 있으면서도 사랑하는 딸 코제트를 찾고 있었다. 이튿날 점심 무렵이 되어서야 몽트뢰유 쉬르 메르로 돌아온 장 발장은 팡틴이 입원해 있는 병원부터 들렀다. 그리고 잠시 깨어 있던 팡틴을 만나 안심을 시켰다.

팡틴이 물었다.

"내 딸 코제트는 어디 있어요?"

그러자 의사가 얼른 대답했다.

"진정하세요, 팡틴. 흥분을 하면 건강에 좋지 않습니다."

하지만 팡틴은 딸을 보고 싶은 마음에 진정할 수가 없었다.

"제 딸을 데려다 주세요. 시장님이 코제트를 데리러 워털루 상사에 다녀오셨잖아요."

어쩔 수 없이 장 발장이 나섰다.

"코제트는 잘 지내고 있어요. 그러니 걱정하지 말고 건강부터 되찾아야 합니다."

바로 그 순간, 팡틴의 눈동자가 동그랗게 커지면서 얼굴이 하얗게 질리기 시작했다.

"팡틴, 왜 그래요? 어디 심하게 아픈 데라도 있어요?"

장 발장은 화들짝 놀라 그렇게 물으며, 팡틴의 시선이 향하는 뒤쪽을 돌아보았다. 그곳에는 자베르가 서 있었다. 그래서 팡틴이 그토록 놀랐던 것이다.

"시장님, 저 사람이 나를 잡아 가두려고 또 왔어요. 도와주세요!"

"팡틴, 걱정하지 말아요. 자베르 검찰관은 나를 찾아온 것이오."

그리고 자베르를 향해 말했다.

"무엇 때문에 이곳에 왔는지 알고 있소."

그러자 자베르가 험악한 표정을 지으며 소리를 질렀다.

"그 이유를 안다면 당장 이리 와서 수갑을 받아! 이 도둑놈아!"

그렇지 않아도 심신이 극도로 허약한 팡틴은 정신을 차릴 수 없었다. 자베르가 시장을 향해 도둑놈이라며 막말을 하는 것도 이해가 되지 않았고, 그런 폭언을 묵묵히 받아들이는 마들렌의 태도 역시 마찬가지였다.

"이놈은 시장이 아니야! 그저 흉악한 도둑놈일 뿐이지!"

그때 장 발장이 조용히 말했다.

"자베르 검찰관, 한 가지 부탁이 있소."

"부탁? 도둑놈 주제에 나한테 무슨 부탁을 해?"

"내게 사흘만 시간을 주시오. 불쌍한 팡틴의 딸을 데려와야 하오!"

"그래 놓고 또 도망치려고? 내가 그 얄팍한 수작을 모를 것 같나?"

그 말을 들은 팡틴이 물었다.

"내 딸을 아직 데려오지 않았나요? 그러면 코제트는 어디에 있어요? 시장님, 도대체 어떻게 된 일인가요?"

자베르가 또다시 목청을 높였다.

"이놈은 시장이 아니라니까! 이놈은 이 도시의 시장 마들렌이 아닌 도둑놈 장 발장이란 말이다!"

자베르의 느닷없는 말에 너무나 큰 충격을 받은 팡틴은 갑자기 두 팔을 뻗어 한참 동안 허공을 휘젓더니 풀썩 늘어져 버렸다. 자신의 생애에 마지막 등불이 되어 줄 것만 같았던 시장의 몰락과 함께, 앞으로 사랑하는 딸을 볼 수 없을지도 모른다는 절망이 삶의 의지를 꺾어 버린 것이었다.

"당신이 저 불쌍한 여인을 죽이고 말았소!"

장 발장이 자베르를 쏘아보며 외쳤다.

"미친 소리 하지 말고 얼른 수갑이나 받아!"

하지만 자베르를 노려보는 장 발장의 눈초리는 더욱 날카로

워졌다. 그런 장 발장에게 겁을 먹은 자베르가 엉거주춤 물러났다. 섬뜩한 표정으로 보아 자칫하면 맞아 죽을 수도 있다는 생각이 들었던 것이다.

"잠시만 나를 가만히 놔두시오!"

마치 혼잣말처럼 중얼거린 장 발장은 이미 숨이 멎어 버린 팡틴을 향해 걸음을 옮겼다. 그런 장 발장을 겁에 질린 표정으로 멍하니 주시하고 있던 자베르는 두 다리가 후들후들 떨렸다. 장 발장은 팡틴을 향해 허리를 숙였다. 그리고 차갑게 식어 가는 그녀의 귀에 입을 대더니 아무도 들을 수 없는 작은 목소리로 뭔가를 속삭였다. 그리고 잠시 후, 팡틴을 반듯하게 누인 다음 몸을 일으켜 세우면서 말했다.

"자베르 검찰관, 이제 당신이 원하는 일을 하시오!"

그렇게 해서 장 발장은 자신이 시장으로 있던 도시의 경찰서 유치장에 갇히게 되었다. 몽트뢰유 쉬르 메르의 시장 마들렌이 전과자이자 절도범인 장 발장이었다는 소문은 삽시간에 시내 전역으로 퍼져 나갔다. 나아가 그가 이룬 온갖 업적과 불쌍하고 가난한 사람들을 위한 선행은 모조리 자신의 신분을 감추기 위한 위장 전술로 폄하되고 말았다. 다만 장 발장을 오랫동안 가까이에서 직접 겪은 몇몇 사람만은 그의 참모습을 알고 있었다.

장 발장의 집에서 허드렛일을 도와주던 할멈이 그 대표적인 인물이었다. 장 발장이 체포되자, 수녀 두 명이 병원에 있던 팡 틴의 시신을 장 발장이 살던 집으로 옮겨 왔다. 더 이상 창녀라 는 놀림도 받지 않고, 사람들의 따가운 눈총도 없는 상태에서 조 용히 장례를 치러 주고 싶었기 때문이다. 그래서 장 발장의 집에 는 할멈과 두 수녀, 그리고 팡틴의 시신만이 있을 뿐이었다.

자정이 되어 갈 무렵, 현관문 열리는 소리가 덜거덕 났다. 너 무 늦은 시간일 뿐만 아니라, 이미 널리 퍼져 버린 소문 때문에 찾아올 사람이 없다고 생각한 할멈은 잠시 고개를 갸웃거리다 촛불을 들고 밖으로 나왔다.

"아니, 시장님께서 어떻게……?"

유치장에 갇혀 있어야 할 장 발장이 현관을 들어서고 있었다.

"놀라지 마세요, 할머니. 유치장 창살을 부수고 나왔습니다. 수녀님 한 분을 내 방으로 보내주세요."

장 발장은 평소와 똑같은 모습이었다. 불안해 하거나 서두르 는 기색 하나 없이 차분하게 자기 방으로 향했다. 방은 언제나 그랬던 것처럼 깔끔하게 정돈되어 있었다. 장 발장의 시선이 미 리엘 주교에게 받은 은촛대로 향했다. 그는 곧 장롱에서 헝겊을 꺼내 은촛대를 정성스럽게 싼 다음, 빈 종이에 뭔가를 메모했다.

잠시 후, 수녀 한 사람이 방으로 들어왔다.

"이 쪽지를 신부님께 전해 주세요."

수녀는 장 발장이 봉투에 넣지도 않고 건네준 메모를 내려다 보았다.

"특별히 비밀이랄 것도 없으니 읽어 보아도 괜찮습니다."

수녀는 그 쪽지를 훑어보았다. 거기에는 몽트뢰유 쉬르 메르 에 남겨진 모든 재산을 신부에게 일임한다는 것과, 팡틴의 장례 비를 지불하고 남은 모든 것은 가난한 사람들을 위해 사용했으면 한다는 내용이었다.

"시장님, 마지막으로 팡틴을 보지 않으시겠습니까?"

"저는 죄인입니다. 저승길로 떠난 여인을 혼란스럽게 할 수는 없지요. 게다가 저를 잡으려고 곧 경찰들이 몰려올 겁니다."

장 발장의 말이 채 끝나기도 전에 현관문 앞에서 떠들썩한 소리가 들려왔다.

"장 발장이 여기 있지?"

자베르의 목소리였다.

"시장님은 유치장에 갇혀 있지 않나요? 여기엔 수녀님 두 분과 저, 그리고 불쌍한 팡틴의 시신밖에 없습니다."

할멈이 대답했다. 그와 동시에 구두를 신은 채 현관을 지나오는 발소리가 가까워지기 시작했다. 장 발장은 재빨리 출입문 옆 벽으로 가 몸을 바싹 기댔다. 그리고 예상했던 대로 자베르가 노크도 없이 방문을 벌컥 열었다. 하지만 장 발장은 문에 가려

보이지 않았고, 방 안에는 수녀 한 사람이 무릎을 꿇은 채 기도를 하고 있었다.

"이 방에 수녀님 말고 다른 사람은 없습니까?"

너무나 경건한 모습에 흠칫한 자베르가 한층 누그러진 목소리로 물었다.

"지금 검찰관님께서 직접 확인하고 계시잖아요?"

하느님을 섬기는 수녀는 거짓을 말할 수 없었다. 그래서 그 책임을 자베르의 날카로운 눈에 돌려 되물은 것이었다. 할 말이 없어진 자베르가 다시 물었다.

"장 발장이라는 도둑놈이 혹시 오지 않았나요?"

"저는 지금 하느님께 기도를 드리는 중입니다."

"……!"

자베르는 강자에게 약하고, 약자에게 강한 사람이었다. 따라서 그의 가슴속 어디에도 신의 권위에 도전하고 싶은 의지는 눈곱만큼도 없었다. 그래서 수녀를 향해 정중하게 인사한 다음 방문을 닫았다.

이튿날, 어둠이 채 가시지 않은 이른 새벽이었다. 허름한 차림에 배낭 하나를 어깨에 짊어진 장 발장은 몽트뢰유 쉬르 메르를 벗어나 파리로 향했다. 그다음 날에는 팡틴의 시신이 시립 공원 공동묘지 한구석에 쓸쓸하게 묻혔다. 마들렌이라 불렸던

남자가 모습을 감춘 순간부터, 화려하게 빛나던 몽트뢰유 쉬르
메르의 불빛은 현저하게 생기를 잃기 시작했다.

워털루 상사에서 만난 소녀

　1823년 7월 25일, 파리에서 발행되는 두 신문의 사회면에 흥미로운 기사가 실렸다. 그 기사는 아래와 같이 장 발장이라는 남자의 체포에 관한 내용을 담고 있었는데, 먹고살기 위해 하루하루 바쁜 나날을 보내고 있는 파리 시민들에게 큰 관심을 끌지는 못했다.

　며칠 전, 장 발장이라는 남자가 중죄만 판결하는 재판소의 법정에 출두했다. 경찰 관계자에 따르면 그는 이미 19년이나 감옥살이를 한 적이 있는 전과자였는데, 형기를 마치고 출옥한 뒤 불과 며칠 만에 성직자의 집에 들어가 은접시를 훔치는 범죄를 저질렀다고 한다. 또한 그는 전과자라면 누구나 거처를 옮길 때 해당 관청에 신고하고 새로운 신분증을 발급받아야 하는 의무를 지키지 않았을 뿐만 아니라, 마들렌이라는 이름으로 살면서 경찰의 눈을 피했다. 이름을 바꾼 장 발장은 훔친 물건을 팔아 종잣돈을 만들고, 사업을 벌여 엄청난 돈을 벌었다. 그리하여 장 발장은 몽트뢰유 쉬르 메르의 시장까지 되었는데, 의무감으로 똘똘 뭉친 한 검찰관의 집념 어린 추적으로 정체가 드러났고, 결국은 덜미를 잡히고 말았다고 한다. 하지만 장 발장은 다시 유치장 철창을 뚫고 탈출했으며, 그로부터 나흘 뒤 몽페르메유라는 작은 마을 입구에서 다시 체포되었다. 그는 탈출한 후 예금해 두었던 70여만 프랑을 인출했는데, 그 돈을 어디에 숨겨놓았는지는 전혀 알려지지 않았다. 이번에 장 발장이 체포된 죄명은 '전과자 신고 의무 불이행'과 이름을 바꿔 몽트뢰유 쉬르 메르의 시장까지 오르는 등 수많은 사람을 속인 '기만죄'였다. 죄목에 성직자의 집에서 벌어진 은접시 절도 사건이 빠진 이유는 피해자가 고발을 하지 않은 데다가, 그 성직자는 이미 세상을 떠난 상태라 죄를 확인할 수 없는 까닭이었다. 한편, 체포된 장 발장은 스스로를 위해 단 한마디도 변호하지 않았다고 한다. 그래서 유죄와 함께 사형을 선고

받았다. 하지만 국왕께서 그가 몽트뢰유 쉬르 메르라는 도시를 부흥시킨 공적을 가상히 여기시는 바람에 무기 징역으로 감형되었으며, 지금은 툴롱 교도소로 이송되어 죄수 번호 9430호로 복역하고 있다.

거대한 군함 오리옹 호가 폭풍우를 만나 크게 파손된 것은 1823년 10월 하순에 벌어진 일이었다. 오리옹 호는 주둔하는 곳에서 가장 가까운 항구 도시인 툴롱으로 들어와 정박했다. 하지만 시간이 그다지 많지 않았다. 한시가 급하게 파손된 곳을 수리한 다음, 바다로 나가 국왕이 명한 해역을 지켜야 하기 때문이었다.

마음이 급해진 오리옹 호 선장은 어쩔 수 없이 툴롱 교도소 소장에게 인력 지원을 부탁했다. 군함의 본체는 물론, 부서진 갑판을 수리하려면 수많은 일손이 필요했기 때문이다. 교도소 소장은 오리옹 호 선장의 부탁을 거절할 수가 없었다. 그 배는 왕명으로 나라를 지키는 군함이었기 때문이다.

군함에 타고 있던 선원들과 교도소에서 지원 나온 죄수들의 바쁜 손놀림으로 불과 보름도 지나지 않아 오리옹 호는 상당 부분 본래의 제 모습을 찾아가기 시작했다. 항구를 지나던 일반인들도 하루가 다르게 위용을 갖추는 오리옹 호를 보면서 가슴 뿌 듯한 자부심을 느꼈다.

그러던 어느 날, 갑판 위에서 큰 소리가 울려 퍼졌다.

"앗, 사고다!"

"사고가 일어났다!"

돛대 끝까지 올라가 마지막 손질을 하던 선원이 몸의 균형을 잃고 떨어지다 하느님의 도움으로 발에 밧줄이 걸린 채 거꾸로 매달려 있었다. 갑판 위로 뛰어올라 온 선원들은 물론, 항구에서 구경하고 있던 수많은 군중의 시선이 거꾸로 매달린 선원을 향했다. 하지만 누구 하나 그 선원을 구하려고 나서는 사람이 없었다. 그도 그럴 것이 아래로는 시퍼런 바다가 출렁이고 있었고, 대롱대롱 매달려 바람에 흔들리는 선원의 목숨은 오직 밧줄 하나에 기대어 있었기 때문이다.

모두들 그렇게 발만 구르고 있을 때였다.

"어, 죄수가 올라가네?"

"죄수복이 빨간 걸 보니 무기 징역을 사는 죄수로구먼!"

사람들의 수군거림처럼 죄수 한 사람이 돛대 위로 올라가고 있었다. 백발이 성성한 머리카락으로 보아 젊은 사람도 아닌 듯 싶었다. 하지만 죄수는 능숙한 솜씨로 돛대 끝까지 올라갔고, 대롱거리는 선원을 구조할 밧줄 하나를 돛대에 묶은 다음, 힘이 빠져 축 늘어져 있는 선원에게 다가가 허리춤에 구조용 밧줄을 동여맸다. 그러고는 다시 선원을 도와 돛대 위로 올라갈 수 있도록 혼신의 힘을 다했다.

"우아, 대단한 사람이다!"

"목숨을 걸고 저렇게 용감한 일을 한 사람은 석방시켜 줘야해!"

"그럼, 그렇고말고!"

선원이 무사히 구조되자, 지켜보고 있던 사람들은 한마음이 되어 박수를 보냈다. 하지만 그것으로 끝이 아니었다. 기운을 차린 선원이 조금씩 움직여 안전한 곳에 도착한 순간이었다. 그때까지 밧줄에 매달려 있던 죄수의 몸이 순간적으로 움찔했다. 그 모습을 보고 있던 사람들이 일순간에 호흡을 멈추었다.

"선원을 구하려고 너무 힘을 많이 쓴 거야!"

"게다가 젊은이도 아니잖아!"

"이 일을 어쩌나!"

수많은 사람의 바람에도 불구하고 힘이 빠진 죄수는 그만 30여 미터 아래의 바다로 떨어지고 말았다. 항구에 있던 사람들이 서둘러 보트를 띄워 주변을 샅샅이 뒤져 보았지만, 안타깝게도 죄수의 시체는 보이지 않았다. 사람들은 그가 고기밥이 되어 버린 거라며 눈시울을 적셨다. 그 사건은 이튿날 툴롱의 한 신문에 1823년 11월 17일, 오리옹 호 수리를 위해 차출되어 일하던 한 무기수가 선원 한 명을 구한 다음 바다로 떨어져 유명을 달리하고 말았다. 전문가들은 그가 바다에 떨어진 순간의 충격으로 목숨을 잃은 것으로 보고 있으며, 이튿날 새벽까지 수색했지만 안타깝게도 그의 시신은 발견되지 않았다. 그의 시신은 이미 조수에 휩쓸려 먼바다로 떠내려간 것으로 추정하고 있다. 그의 이름은 장 발장이었다.'는 짤막한 기사가 실리는 것으로 사람들의 뇌리에서 사라지고 말았다.

한편, 어머니 팡틴에 의해 몽페르메유에 있는 워털루 상사에 맡겨진 소녀 코제트는 여전히 몸종보다 못한 나날을 보내고 있었다. 이른 새벽에 일어나 마당을 청소해야 했고, 여관과 식당에 필요한 모든 물을 숲에 있는 샘에서 길어 와야 했으며, 여관에 묵고 있는 손님들의 잔심부름까지 어린 소녀 코제트의 몫이었다. 게다가 남은 시간에는 테나르디에 부부의 두 딸이 신을 양말을 떠야 했다.

"양동이에 물이 비어 가고 있잖아! 이 앙큼한 것이 어느새 게으름을 피우고 있네!"

테나르디에 부인은 기회만 있으면 코제트를 때리고 꼬집는 등 괴롭히곤 했다. 하지만 이제 겨우 여덟 살에 불과했기 때문에 코제트는 반항할 수가 없었다. 오히려 쫓겨나지 않는 것을 다행으로 여기고 있었다.

그날도 테나르디에 부인은 코제트의 머리를 쥐어박으며 일을 시켰다. 코제트는 물통 두 개를 들고 밖으로 나와 서둘러 걸음을 옮겼다. 조금이라도 늦으면 또 불벼락이 떨어질 것이기 때문이었다. 코제트는 샘에 도착하자마자 물통을 채웠다. 그 물통은 워낙 커서 여덟 살짜리 소녀가 든다는 건 도저히 불가능해 보였다. 하지만 코제트는 낑낑거리며 물통 두 개를 들었고, 서너 걸음을 옮기고 나서는 쉬고, 다시 서너 걸음을 옮기곤 했다.

추운 날씨에 땀을 뻘뻘 흘리며 한참을 그렇게 가고 있는데, 누군가 갑자기 다가와 물통을 낚아채 갔다. 테나르디에 부인에게 또 혼이 나겠구나 하는 생각에 깜짝 놀란 코제트가 고개를 들었다.

"너한테는 너무 무거운 것 같구나. 내가 도와주마."

머리카락이 하얀 할아버지가 다정하게 미소를 지으며 서 있었다.

"할아버지는 누구세요?"

"응, 여기저기 떠돌아다니는 나그네란다. 그런데 넌 몇 살이지?"

코제트는 웬일인지 그 할아버지가 하나도 무섭지 않았다. 그래서 묻는 대로 대답을 하며 걸음을 옮겼다.

"엄마 심부름으로 이렇게 물을 긷는 거니?"

"아니요, 저는 엄마가 없어요. 얼굴도 모르는걸요. 물 긷는 일은 주인아주머니가 시켜서 하는 거예요."

"네 이름은 뭐지?"

"누가 지어 준 이름인지는 모르지만, 사람들이 저를 코제트라고 불러요."

그 대답과 동시에 노인이 발걸음을 우뚝 멈췄다. 노인은 허리를 숙여 코제트의 얼굴을 자세히 뜯어보았다. 그러고 나서는 또다시 질문을 시작했다.

"네가 살고 있는 곳은 어디니?"

"워털루 상사에서 살아요. 여관도 하고 식당도 하는 집이에요."

"그렇구나. 그러면 나도 오늘은 거기에서 자야겠다."

멀찌감치 워털루 상사 간판이 보이자, 코제트는 노인에게 물통을 달라고 했다. 혹시라도 주인아주머니가 보게 되면 매질을 할 것이기 때문이었다. 코제트가 여관 문을 열고 들어서자 테나르디에 부인이 고함부터 질렀다.

"왜 이렇게 늦었어? 이 요망한 것이 어디서 놀다 온 게 분명해!"

그러자 기어들어 가는 목소리로 코제트가 뒤따라 들어오는 노인을 가리키며 말했다.

"저분이 주무시고 간다고 해서 함께 오느라……."

테나르디에 부인은 거짓말처럼 금세 얼굴색을 바꾸었다.

"아유, 어서 오세요. 여기서 주무신다고요?"

"예, 하룻밤 묵을까 합니다."

노인이 공손하게 대답했다. 테나르디에 부인은 노인의 차림
새가 허술해 찜찜한 생각이 들었지만, 다행히 계산은 했으므로
더 이상 신경 쓰지 않고 저녁 식사는 어떻게 할 거냐고 물었다.

"마침 시장하던 참이었습니다."

"그러면 계산을 먼저 하세요. 영감님같이 후줄근한 사람한테
밥을 먼저 주면, 나중에 돈이 없다며 생떼를 쓰는 경우가 종종
있거든요."

노인은 말없이 이튿날 아침밥까지 계산했다. 테나르디에 부
인은 밥값을 좀 더 받을걸 하고 후회했지만 어쩔 수 없는 일이었
다. 그래서 짜증이 난 그녀는 괜히 코제트를 불러 신경질을 부리
며 이것저것 잔심부름을 시켰다. 노인은 그런 코제트를 유심히
바라보고 있었다. 심통이 풀리지 않은 테나르디에 부인은 저녁
밥을 기다리고 있는 노인에게 다가가 험담을 하기 시작했다.

"아유, 정말이지 저놈의 계집애 때문에 미치겠어요!"

노인이 물었다.

"누구 말이오?"

"코제트라는 저 계집애 말입니다."

"……!"

"사실 저 계집애는 어떤 여편네가 맡겨 놓은 아이랍니다. 그런데 매달 양육비를 보내 주기로 해 놓고서는 벌써 1년 가까이 동전 한 닢 보내지 않고 있어요. 우리 네 식구 먹고살기도 힘든데, 저런 혹까지 붙어 있으니 우리가 얼마나 힘들겠어요?"

"그래도 심부름을 많이 하는 거 같던데……."

"그렇기는 하지만, 그걸로 제 밥값이 되나요?"

그 뒤로도 테나르디에 부인의 수다는 한참 동안 계속되었다. 코제트 때문에 못살겠다는 것이었다. 그러자 노인이 약간 지겹다는 듯한 표정을 짓더니 그저 지나가는 말투로 말했다.

"저 아이 때문에 그렇게 힘들면 내가 데려다 키울까요?"

그러자 테나르디에 부인이 반색하며 물었다.

"코제트를 영감님이 데려가시겠다고요?"

"부인이 워낙 힘들다고 하니……."

그렇게 하루가 지나고 이튿날 아침이 되었다. 일찌감치 식사를 마친 노인은 코제트를 데리고 길을 떠나기 위해 방을 나왔다. 테나르디에 부인은 마치 기다렸다는 듯이 종종걸음으로 다가왔다.

"그런데 영감님."

"왜 그러시오?"

"코제트를 데려가는 데 문제가 생겼네요."

"하룻밤 사이에 무슨 문제가 생겼다는 말입니까?"

지난밤, 테나르디에 부부는 머리를 굴리고 또 굴렸다. 아무리 봐도 노인은 코제트를 무척 귀엽게 본 것이 확실했다. 그렇다면 그냥 보낼 것이 아니라 노인 수중에 들어 있는 돈을 몽땅 털자고 입을 모은 것이었다. 그래서 코제트 때문에 생긴 빚이 1,500 프랑이라고 거짓말을 한 뒤, 그것을 갚아 주지 않으면 보낼 수 없다고 협박을 할 작정이었다. 노인에게 그만한 돈이 없으면 주머니 속에 들어 있는 금액으로 깎아 주기로 했다.

"사실은 저희가 코제트를 키우느라 진 빚이 있어서……."

"빚이 얼마나 되는데요?"

"1,500프랑이랍니다."

"1,500프랑이라……."

노인은 잠시 생각에 잠기는 듯했다. 그 시간은 아주 짧았지만 테나르디에 부인으로서는 한나절보다 더 길었다. 그냥 보내 버릴걸 괜한 일을 만들었다는 생각이 들었다. 잠시 후, 노인이 입을 열었다.

"우선 코제트를 데려오시오!"

"예?"

"지금 당장 코제트를 내 앞으로 데려오란 말입니다."

"아, 예!"

그렇게 해서 코제트는 악마의 소굴보다 더 흉측한 워털루 상사에서 벗어날 수 있었다. 노인은 코제트를 안고 길을 나섰다. 장 발장, 그 노인은 바로 장 발장이었다. 장 발장은 사고를 당한 선원을 구조한 뒤 일부러 바다로 뛰어내렸다. 사람들은 모두 그가 힘에 부쳐 떨어진 것으로 생각했지만, 장 발장은 이미 물속을 헤엄쳐 아무도 눈길을 주지 않는 고장 난 배 바닥에 숨어 있었다. 그리고 하루가 지난 뒤 밖으로 나와 파리 근교를 잠깐 들른 다음, 코제트가 살고 있는 워털루 상사를 향해 걸음을 옮겼던 것이다.

곤히 잠든 코제트를 안은 채 장 발장이 도착한 곳은 파리 변두리에 있는 어느 낡은 건물 앞이었다. 그 건물 안에는 며칠 전에 장 발장이 구해 놓은 셋방이 있었다. 계단을 지나 2층으로 올라간 장 발장은 열쇠를 꺼내 방문을 열었다. 방은 비록 허름했지만 모든 세간이 깔끔하게 정돈되어 있었다. 장 발장은 세상모르고 잠들어 있는 코제트를 조심스럽게 침대에 뉘었다.

"할아버지, 물을 길어 올까요?"

어린아이답지 않게 새벽같이 잠에서 깨어난 코제트가 일어나자마자 아침 인사도 없이 장 발장에게 물었다.

"괜찮다. 여긴 언제든 필요하면 콸콸 쏟아지는 수돗물을 마음대로 사용할 수 있는 곳이란다."

장 발장은 미어지는 가슴을 쓸어내리며 대답했다.

"그러면 집 안 청소라도……."

"코제트, 이제 넌 그런 일을 할 필요가 없어. 여긴 워털루 상사도 아니고, 나도 테나르디에 아주머니가 아니니까……."

"하지만……."

"그리고 코제트. 앞으로 나를 부를 때 할아버지가 아니라 아버지라고 하면 안 될까?"

"왜요? 할아버지라는 말이 싫으세요?"

"나는 아직 결혼을 하지 않았단다. 그러니 당연히 자식들도 없겠지? 너도 부모님이 계시지 않으니, 앞으로 내가 네 아버지 노릇을 하고 싶어서 그런단다."

잠시 생각에 잠겨 있던 코제트가 배시시 웃으며 말했다.

"알았어요. 머리카락이 하얀색이라 조금 손해 보는 기분이 들기는 하지만 그렇게 불러 드릴게요, 아버지."

두 사람은 처음으로 눈을 맞추고 크게 웃었다. 하지만 어린 코제트가 보통 아이들과 같이 평범한 일상에 익숙해지는 데는 한 달 이상의 시간이 걸렸다. 장 발장은 그 기간 동안 종일토록 코제트와 함께 집 안에서 지냈다. 점심을 먹고 나서 두 시간 동안은 코제트에게 글을 가르쳤으며, 아직은 긴장의 끈을 놓을 수 없는 시기였기 때문에 산책은 날이 어두워진 다음에 조심스러운 마음으로 할 수밖에 없었다.

겨울이 지나고 봄이 시작되던 어느 날이었다. 저녁 무렵이 되어 식료품 가게를 다녀오던 장 발장은 골목 구석에 쪼그려 앉아 구걸을 하고 있는 거지를 보았다. 봄이라고는 하지만 아직 날씨가 풀리지 않은 터라, 불쌍한 생각이 든 장 발장은 거지에게 동전 하나를 주었다. 그러자 거지가 숙이고 있던 고개를 살짝 들어 고맙다고 인사를 했다.

혼신의 힘을 다해 태연한 척 천천히 걸음을 옮겼지만, 거지의 옆얼굴을 확인한 장 발장은 숨이 멎는 것만 같았다. 비록 거지 차림으로 골목 구석에 널브러져 있었지만, 그 모습이 자베르와 너무나 같아 보였기 때문이다. 장 발장은 일부러 골목길 몇 개를 더 돌아 조심스럽게 집으로 돌아왔다. 그리고 문을 굳게 잠근 채 꼼짝도 하지 않았다.

그날 밤, 장 발장은 늦은 시간까지 긴장을 늦추지 않은 채 바깥 동정을 살피고 있었다. 그런데 새벽 2시 무렵, 계단을 오르는 발걸음 소리가 들려왔다. 들어오자마자 출입문에 작은 틈새를 만들어 놓았던 장 발장은 불을 켜지 않은 채 그 틈을 통해 복도를 살펴보았다. 비록 어두운 상태라 정확하게 확인할 수는 없었지만, 복도에서 이곳저곳을 살피고 있는 사람은 분명 자베르라는 확신이 들었다.

날은 곧 밝았고, 다시 어둠이 드리우기 시작할 때까지 장 발장은 방 안에서 꼼짝도 하지 않았다. 그러다가 거리가 완전히 어둠에 휩싸였을 때, 장 발장은 코제트와 함께 밖으로 나왔다. 그리고 혹시 뒤따를지 모르는 미행을 피해 골목길 몇 개를 돌고 돌아 집에서 점점 먼 곳으로 움직였다. 하지만 장 발장의 동물적인 감각은 경찰들이 그다지 멀지 않은 곳에서 자기를 뒤쫓고 있다는 사실을 직감하고 있었다.

"아버지, 우리 지금 어딜 가는 거예요?"

"글쎄다, 나도 잘 모르겠구나. 하지만 누군가 우리를 해코지하려고 쫓아오는 것만은 분명한 듯싶다. 그러니 조용히 해야 한다. 알았지?"

"예, 알았어요."

골목 저편에서 경찰들의 분주한 발걸음 소리가 들려왔다. 코제트를 가슴에 안은 장 발장은 있는 힘껏 내달렸다. 그렇게 얼마나 달렸을까, 장 발장은 눈앞이 캄캄해졌다. 막다른 골목이었다. 뒤에는 자베르와 그의 부하들이 거리를 좁혀 오고 있었고,

앞에는 하얗게 회칠을 한 벽이 가로막고 있었던 것이다.

'이 일을 어찌해야 한단 말인가?'

장 발장은 암담했다. 자신은 그다지 큰 문제가 아니었다. 하지만 이제 겨우 평온을 되찾아가는 코제트가 또다시 고아가 되어야 한다는 사실이 장 발장을 견딜 수 없게 했다.

주변을 살펴보던 장 발장의 눈에 막다른 골목의 하얀 벽과 인접한 건물에 나 있는 창살이 쳐진 유리창이 들어왔다. 마음을 다잡은 장 발장은 가슴에 안고 있던 코제트를 옮겨 등에 업은 뒤, 머플러를 풀어 단단히 조였다. 그러고는 몇 걸음 물러섰다가 있는 힘껏 달려 도움닫기를 한 다음, 창살을 발판 삼아 하얀색 담을 넘어섰다.

하지만 아직 안심할 단계가 아니었다. 담을 넘은 장 발장이 정원수 그늘로 몸을 숨긴 순간, 건너편에서 자베르와 그를 따르는 경찰들의 목소리가 들려왔다.

"샅샅이 뒤져라. 분명히 이 근방에 숨어 있을 거야!"

"예, 알겠습니다, 검찰관님!"

하지만 그들은 이미 담을 넘어 버린 장 발장을 찾을 수가 없었다. 그렇게 한참 시간이 흐른 뒤, 담장 저편이 조용해지자 장 발장은 두 사람을 동여매고 있던 머플러를 풀었다. 그런데 코제트가 마치 죽은 사람처럼 축 늘어지는 것이었다. 정신이 아득해진 장 발장은 코제트의 이마를 만져 보았다. 느닷없는 상황에 너무나 놀란 코제트는 의식을 잃어 몸이 차갑게 식어가고 있었다.

바로 그때, 어떤 노인이 두 사람 옆으로 다가왔다. 장 발장은 이미 제정신이 아니었다. 어떻게든 코제트를 살려야 하기 때문이었다. 그래서 앞뒤 가릴 것도 없이 말했다.

"영감님, 제발 하룻밤만 재워 주시오. 아이가 사경을 헤매고 있습니다."

그러자 노인이 화들짝 놀라며 물었다.

"아니, 여기는 어쩐 일이십니까?"

"예? 저를 아시나요?"

"그럼요, 마들렌 시장님 아니십니까?"

이번에는 장 발장이 놀랐다. 자신의 얼굴을 알아본 것도 그렇고, 호칭 또한 마들렌 시장이라고 하는 것으로 보아 자베르에게 붙들리는 것은 이제 시간문제라고 생각했기 때문이다. 노인은 장 발장이 볼 수 있도록 건물에서 새어 나오는 불빛 쪽으로 얼굴을 디밀며 물었다.

"저를 모르시겠어요? 시장님께서 마차에 깔려 죽어 가는 제 목숨을 살려 주셨지요. 제가 바로 그 포슐방입니다."

"아, 포슐방 영감님!"

장 발장은 그제야 포슐방 영감의 얼굴을 알아볼 수 있었다.

다소 마음이 놓인 장 발장이 물었다.

"그런데 여기는 뭘 하는 곳이며, 영감님은 어떻게 여기에 있는 겁니까?"

"시장님도 참……. 그때 다친 저를 치료해 주신 다음, 파리의 생탕투안 구청에서 관리하는 수녀원의 정원사로 보내 주셨잖아요. 그런데 여긴 어떻게 들어오셨습니까? 수녀원이라 저를 제외한 어떤 남자도 들어올 수 없는 곳인데……."

"그럼 여기가 바로 그 수녀원이라는 말이오?"

"그렇습니다."

잠시 생각에 잠겨 있던 장 발장은 포슐방 영감에게, 자기가 지금 무척 위급한 상황이니 죄가 되는 일만 아니라면 어떤 수를 써서라도 이곳 수녀원에 머물 수 있게 해 달라고 했다. 또한 자신에 대한 모든 것은 비밀로 해 줄 것과, 아무것도 묻지 말 것을 부탁했다. 포슐방 영감은 장 발장이 생명의 은인이므로, 죽기 전에 은혜를 조금이나마 갚을 수 있게 되어 기쁘다고 했다.

"우선 이 아이를 안정시켜야 합니다."

"알겠습니다, 시장님. 제가 남자라서 거처하는 곳이 외딴곳에 떨어져 있습니다. 서둘러 그곳으로 가시지요."

포슐방 영감의 거처에 도착한 장 발장은 코제트를 영감의 침대에 누였다. 팔다리를 주물러 혈액 순환을 원활하게 한 다음,

두꺼운 이불을 덮어 주었다. 그러자 얼마 지나지 않아 코제트의 안색이 정상으로 돌아오기 시작했다.

이튿날 아침, 일어나자마자 코제트를 보살피는 장 발장에게 포슐방 영감이 말했다.

"무엇보다 급한 것은 대책을 세우는 일입니다. 이런 상태를 누군가가 보기라도 한다면 우리 세 사람 모두 곤욕을 치르게 될 테니까요."

"제 머릿속도 지금 그 생각에 빠져 있답니다."

"지금은 나이 드신 수녀님 한 분이 위독해 모두들 정신이 없는 상태지만, 평상시에는 수녀원에 딸린 여학교 아이들이 산책하다 이곳까지 오는 경우도 종종 있답니다."

그때, 장 발장은 공식적인 방법으로 수녀원에 남을 생각을 하고 있었다. 이곳에 있으면 최소한 코제트의 교육 문제는 해결될 뿐만 아니라, 자베르의 시야에서도 완전히 벗어날 수 있기 때문이었다.

"위독하던 수녀님께서 돌아가신 모양입니다."

포슐방 영감의 말에 정신을 차려 보니, 수녀원 본당 건물 방향에서 종소리가 울려 퍼지고 있었다. 장 발장은 포슐방 영감에게 수녀원에 눌러살 수 있는 방법이 없겠느냐고 물었다. 하지만 영감은 그것은 차후 문제로, 어떻게 이 수녀원을 빠져나가느냐

하는 것이 더 중요하다고 했다. 자칫하다 담을 넘어 들어온 사실이 발각이라도 되면 수녀원 불법 침입이라는 엄청난 죄를 짓게 되는 셈이기 때문이었다.

수녀의 장례식 준비 때문에 포슐방 영감이 밖으로 나가자, 장발장은 이곳에서 살 수 있는 방법을 찾느라 고민을 거듭했다. 하지만 아무리 머리를 짜내 보아도 뾰족한 수가 떠오르지 않았다. 점심때가 되어 돌아온 포슐방 영감은 단번에 그 고민을 해결해 주었다.

포슐방 영감은 조금 전 장례식 준비를 하면서 수녀원 원장을 만날 수 있었다. 영감은 그 자리에서 원장에게 자신은 너무 늙어 언제 죽을지 모르니 지금부터 동생을 데려와 일을 가르쳤으면 좋겠다고 했다. 마침 수녀의 죽음으로 마음이 심란해진 원장은 흔쾌히 허락했다. 영감이 갑자기 세상을 떠나면 수녀원 관리가 엉망이 되어 버릴 것이기 때문이었다. 나아가 동생의 어린 딸은 부속 여학교에 다녀도 좋다는 약속까지 얻어 낼 수 있었다.

"영감님, 정말 감사합니다. 이 은혜를 어떻게 갚아야 좋을지……."

"은혜라니요. 시장님은 목숨을 걸고 제 생명을 구해 주신 분입니다. 그러니 이 정도야 당연한 일이지요."

코제트는 영감이 오후에 시장을 보러 갈 때 자루에 넣어 짐처럼 숨겨 나가면 될 듯싶었다. 그렇다면 장 발장이 문제였다. 포 슐방 영감은 장 발장에게 지난밤처럼 담을 넘는 수밖에 없다고 했다. 하지만 장 발장은 그럴 수가 없었다. 지금 담장 밖에는 자 베르의 부하들이 곳곳에 깔렸을 것이기 때문이었다.

"그리고 또 한 가지 걱정거리가 있습니다."

포슐방 영감이 심각한 표정으로 말했다.

"어떤 걱정입니까?"

"사실은……."

사실 수녀원 원장이 포슐방 영감의 부탁을 쉽게 허락한 데는 또 다른 이유가 있었다. 그것은 죽은 수녀의 유언 때문이었다. 수녀는 숨을 거두기 전에 자신이 죽거든 수도원 지하실 밑에 묻 어 달라고 했다. 혼령이 되어서도 수녀원을 지키고 싶다는 것이 었다. 하지만 그것은 불법이었다. 사람이 죽으면 누구나 시청에 서 지정한 묘지에 안장을 해야 했다. 결국 원장은 포슐방 영감 의 부탁을 들어주는 대신, 영감은 아무도 몰래 수녀의 시신을 지하실에 묻은 다음, 빈 관을 수레에 싣고 수도원 밖에 있는 묘 지에 묻는 일을 착오 없이 하기로 한 것이었다.

영감의 이야기를 듣고 있던 장 발장이 무릎을 탁 쳤다.

"포슐방 영감님, 그렇다면 두 가지 걱정거리가 동시에 해결 되었습니다."

"예? 어떻게 두 가지를 한꺼번에……?"

"내일 수녀님의 빈 관을 묘지로 옮길 때, 그 속에 내가 들어가 있으면 되지 않겠어요?"

"하지만 숨을 쉴 수가 없을 텐데요?"

"머리 쪽에 작은 구멍 두 개만 뚫으면 괜찮을 겁니다."

장 발장과 포슐방 영감은 다시 만난 후 처음으로 환한 표정이 되어 활짝 웃었다. 그리고 두 사람은 이튿날 저녁 무렵에 수녀원으로 다시 들어왔다. 하지만 이번에는 담을 넘은 것이 아니라 정문을 통해 정정당당하게 들어왔다. 걱정이 없어진 장 발장은 모든 것이 만족스러웠다. 체포에 대한 걱정도, 코제트의 교육에 대한 우려도 필요 없었던 것이다. 그렇게 몇 년이 흘렀다.

마리우스와 퐁메르시 남작

장 발장이 코제트와 함께 수녀원으로 들어가기 직전에 잠시 머물렀던 그 연립 주택은 금세 쓰러질 것처럼 낡고 허름했다. 두 사람이 살았던 10여 년 전에도 말끔하고 쾌적한 새 건물은 아니었지만, 그 사이에 완전히 빈민촌으로 전락한 듯한 모습이었다.

그 건물에 법학을 전공하는 스무 살의 마리우스라는 청년이 세 들어 살고 있었다. 어린 시절 그는 외할아버지 집에서 생활했다. 이미 여든을 훌쩍 넘긴 마리우스의 외할아버지 질노르망은 무척 완고한 어른이었다. 그는 슬하에 두 딸을 두었는데, 큰딸은 독신주의자로 그와 함께 살았으며, 군인과 결혼한 둘째 딸은 아들 하나를 낳은 뒤 산후 조리가 잘못되는 바람에 목숨을 잃고 말 았다. 그렇게 죽은 둘째 딸의 아들이 바로 마리우스였다.

질노르망은 지독한 보수주의자여서 황제 나폴레옹을 인정하지 않는 한편, 왕정복고를 지지하는 인물이었다. 그런데 유감스럽게도 둘째 딸이 사랑하는 남자가 나폴레옹 휘하에 있는 기병 부대의 대령이었다. 질노르망은 두 사람의 결혼을 극구 반대했지만 그들은 끝내 결혼하고 말았고, 얼마 지나지 않아 피눈물을 흘리며 딸을 잃는 슬픔을 견뎌야 했다.

둘째 딸이 죽고 나서 황제 나폴레옹은 몰락했다. 그와 함께 왕정은 복고되었고, 나폴레옹 군대의 대령으로 전장에서 많은 공을 세웠던 퐁메르시는 숨을 죽이며 살아갈 수밖에 없었다. 절호의 기회를 잡은 질노르망은 아직 핏덩이인 외손자를 자기 집으로 데려와 버렸다. 그리고 사위인 퐁메르시와는 만나지도 못하게 했다. 따라서 마리우스는 아버지가 어떻게 생겼는지조차 모른 채 어린 시절을 보냈다.

한편, 사랑하는 아내와 존경하는 황제 나폴레옹을 한꺼번에 잃어버린 마리우스의 아버지 퐁메르시는 아무도 자신을 알아보지 못하는 시골 마을 베르농으로 내려가 화초 가꾸는 일을 시작했다. 다만 그는 한 달에 한 번씩 정기적으로 베르농을 떠나 파리에 가곤 했는데, 그 이유는 미사를 드리려고 이모의 손을 잡고 성당에 오는 아들의 모습을 몰래 지켜보기 위해서였다.

세월이 흘러 코흘리개였던 마리우스의 턱 언저리에 수염이 듬성듬성 나기 시작했다. 그의 나이 열일곱, 어느덧 청년이 된 것이다. 어느 날, 질노르망은 외손자 마리우스를 불러 심각한 표정으로 베르농에 다녀오라고 이야기했다. 자신의 사위이자 마리우스의 아버지인 퐁메르시가 사경을 헤매고 있다는 편지를 받았기 때문이다.

아버지의 병이 위중하다는 말을 듣고도 마리우스는 별다른 감정이 생기지 않았다. 아직껏 한 번도 얼굴을 본 적이 없어 살가운 애정이 없을 뿐만 아니라, 왕정복고주의자인 질노르망 때문에 집안에서 자신의 아버지는 늘 올바르지 못한 사람으로 치부되었다. 따라서 마리우스의 머릿속에 아버지는 부끄러운 존재로 각인되어 있었던 것이다.

마리우스는 이튿날 베르농에 도착했다. 하지만 아버지 퐁메르시는 이미 목숨을 거둔 뒤였다. 마리우스는 눈물 한 방울 흘리지 않았다. 마치 자신과는 전혀 상관없는 사람의 죽음을 대할 때처럼 아무런 감정도 생기지 않았다. 장례식을 마치고 베르농을 떠날 때, 하녀가 마리우스에게 편지 한 장을 건네주었다. 그것은 아버지의 유서였다.

아버지의 유서에는 사랑한다는 말과 함께, 자신은 워털루 전투에서 큰 공을 세워 황제로부터 남작 작위를 받았다는 이야기가 쓰여 있었다. 지금 권력을 잡고 있는 왕정에서는 비록 인정해 주지 않는 작위이지만, 자신은 자랑스러운 마음으로 그것을 아들에게 물려준다고 했다. 또한 그 전투에서 한 병사가 자기 목숨을 구해 주었는데, 그 사람의 이름은 테나르디에이니 혹시 만날 기회가 있으면 극진히 대접해 달라는 내용이 쓰여 있었다.

마리우스는 그 유서에도 별다른 감흥을 느끼지 못했다. 그저 습관적으로 유서를 주머니 속에 넣었을 뿐이었다. 파리로 온 마리우스는 일상으로 되돌아갔다. 그리고 언제나 그랬던 것처럼 일요일이 되자 성당에 나갔다.

미사 직전에 성당에 도착한 마리우스는 별다른 생각 없이 성당 뒤쪽 빈자리에 앉았다. 그런데 어떤 노인이 다가와 그곳은 자기 자리라고 했다. 마리우스는 재빨리 일어나 다른 자리로 가 앉았다. 미사가 끝나자 그 노인이 마리우스에게 다가와 자신이 그 자리를 좋아하게 된 사연을 말해 주었다.

마리우스가 처음에 앉았던 그 자리는, 나폴레옹 군대의 대령 출신인 어떤 중년 신사가 17년여 세월 동안 한 달에 한 번씩 빠지지 않고 와서 아들이 자라는 모습을 몰래 지켜보던 자리였다고 했다. 그 신사가 사랑하는 아들을 편하게 볼 수 없었던 것은 장인 때문이었다. 장인과 신사는 정치적으로 다른 생각을 갖고 있었는데, 그런 이유 때문에 혹시라도 몰래 아들을 만나면 모든 상속권을 박탈하겠다고 장인이 그랬다는 것이다. 그래서 불쌍한 중년 신사는 멀리서 아들을 보며 눈물을 흘리곤 했는데, 그곳이 바로 그 자리였던 것이다.

노인은 중년 신사의 처지가 안타까워 그가 오지 않은 일요일에는 반드시 그 자리를 지켰다. 그렇게 17년이 흘렀는데, 언젠가부터 눈에 띄게 수척해 보이던 그 신사가 더 이상 오지 않는다는 것이었다. 그러면서 노인은 아무리 정치적인 성향이 중요하다 해도 어떻게 부자간의 인연을 그토록 매정하게 끊을 수 있는지 하늘도 놀랄 일이라며, 중년 신사의 장인이 저지른 행동을 질타했다.

노인의 얘기는 곧 외할아버지와 아버지와 자신에 관한 것이었다. 마리우스는 미칠 것만 같았다. 지난 17년 동안 자신의 뒷모습을 아련하게 바라보며 흘렸을 아버지의 눈물이 얼마나 될지 생각하자 가슴이 먹먹해져 왔다.

'아버지! 아버지!'

마리우스는 마음속으로 아버지를 목 놓아 외치면서 성당을 나섰다.

그때부터 마리우스는 전공하던 법률 서적을 뒤로한 채 아버지와 관련된 서적을 탐독하기 시작했다. 그래서 지금까지 한 번도 심각하게 생각해 본 적이 없던 왕정과 혁명 제국이 무엇을 의미하는지, 그리고 아버지가 꿈꾸었던 세상은 어떤 것인지를 이해할 수 있었을 뿐만 아니라, 시간이 흐를수록 살아서는 한 번도 소통해 본 적이 없는 아버지와의 머나먼 거리가 조금씩 가까워지고 있음을 느꼈다.

마리우스는 시간이 날 때마다 아버지의 묘소를 찾아가 눈물을 흘렸다. 하지만 자신이 지금 흘리고 있는 눈물은 지난 17년 동안 아버지가 흘렸을 눈물에 비하면 백사장의 모래 한 알만큼도 되지 않는다는 사실이 죄스러웠다. 죽은 아버지와 살아 있는 아들은 그렇게 하나가 되어 가고 있었다.

질노르망의 완고한 보수적 성향의 영향과 그에 따른 교육 때문에 왕당파에 속했던 그의 기본적인 사상은 얼마 지나지 않아 완벽에 가까운 혁명파이자 공화주의자로 탈바꿈했다. 그래서 그는 아버지가 물려준 작위를 명함에 당당하게 새겨 가지고 다녔다.

그러던 어느 날, 아버지의 죽음과 함께 갑자기 달라진 외손자의 동태를 살펴려고 비어 있는 마리우스의 방에 들어갔던 질노르망은 책상 위에서 '남작 마리우스 퐁메르시'라고 큼지막하게 인쇄된 명함을 발견했다. 질노르망은 지난 17년 동안 정성을 다해 키운 외손자의 배신에 치를 떨었다. 거기에 결과적으로는 사랑하는 둘째 딸을 죽게 한 퐁메르시가 애지중지 길러온 손자까지 단번에 바꿔 버렸다고 생각하자, 치밀어 오르는 분노를 견딜 수가 없었다.

질노르망은 밤늦게 들어온 마리우스에게 명함을 내밀며 물었다.

"이게 무엇이냐?"

마리우스는 잠시 당황하는 듯싶더니, 금세 평정을 되찾고 대답했다.

"저는 제 아버지의 아들이라는 뜻입니다."

그 한마디 대답으로 질노르망은 마리우스가 지금 어떤 생각을 하고 있는지 단번에 알아차릴 수 있었다. 마리우스는 그날로 집에서 쫓겨났다. 그래도 외손자에 대한 애정을 버리지 못한 질노르망은 큰딸에게 마리우스가 살고 있는 집을 찾아내 매달 100프랑씩 보내 주도록 했다.

마리우스는 10여 년 전 장 발장과 코제트가 머물렀던 난민촌 같은 건물에서 지냈다. 여관을 운영하다 파산하는 바람에 두 딸과 함께 부랑자 신세가 되었다는 종드레트 부부와 이웃해 궁핍하기 이를 데 없는 생활을 하면서도, 그는 질노르망의 돈을 고스란히 되돌려 보냈다.

나폴레옹의 몰락과 함께 왕정이 복고되어 겉보기에 프랑스는 안정을 되찾은 듯했다. 하지만 그 속내를 자세히 들여다보면 안정과는 전혀 다른 혼돈의 기운이 꿈틀거리고 있었다. 귀족주의자나 왕당파를 지지하는 사람들은 날이 다르게 줄어들고 있지만, 자유주의자와 민주주의자는 눈에 띄게 불어나고 있었던 것이다.

　프랑스 사회의 내면 변화는 젊은 지식인들과 운동권 학생들의 적극적인 참여가 원동력이라고 해도 과언이 아니었다. 그중에서도 'ABC 친구'라는 단체가 있었다. 여기에서 ABC란 Abaisse, 즉 '민중'을 의미했다. 이 단체의 구성원들은 '민중의 친구'라는 단체 이름처럼 귀족이나 부유층을 제외한 일반 민중의 친구가 되어 '우리의 권리는 우리가 찾자!'라는 슬로건을 내걸고, 스스로 힘을 길러 귀족들의 노예 생활에서 벗어나야 한다고 주장했다.

　집을 나와 독립적인 생활을 시작한 마리우스는 같은 학교에 다니는 친구의 추천을 받아 ABC 친구의 회원이 되려고 했다. 하지만 참관인 자격으로 모임에 처음 참석했을 때, 아버지의 뜻을 좇아 나폴레옹을 신봉하는 자신과는 달리 그들은 오직 자유만을 추구하고 있다는 사실을 알았다. 그래서 정식 회원으로 가입하지는 않았지만 도움 요청이 오면 마다하지 않았다.

가족에게서 멀어진 마리우스에게 마음을 열어 놓을 수 있는 친구는 두 사람뿐이었다. 한 명은 ABC 친구에서 활동하는 쿠르페락이라는 학교 동급생이었고, 또 한 명은 아버지에 대한 진실을 일깨워 준 마뵈프 할아버지였다. 마뵈프 할아버지는 어떤 상황에서도 정치적인 발언을 하지 않는 사람이었다. 마리우스가 보기에 그가 좋아하는 것은 오직 식물과 관련된 책뿐이었다.

친구가 많지 않은 마리우스는 산책을 즐겼다. 그는 최소한 이틀에 한 번은 느린 걸음으로 뤽상부르 공원을 한 바퀴씩 돌곤 했는데, 언젠가부터 듬직하면서도 인자하게 생긴 노인과 아직 처녀라기에는 어려 보이는 소녀가 벤치에 앉아 다정하게 얘기를 나누는 모습이 눈에 띄곤 했다. 마리우스는 늙은 아버지와 귀여운 막내딸의 모습이 저러하려니 하고 생각했다. 하지만 그 두 사람은 마리우스에게 눈길 한 번 주지 않았을 뿐만 아니라, 아예 그의 존재 자체를 느끼지 못하는 듯했다. 그렇다고 마리우스가 그들 부녀에게 큰 관심을 두게 된 것도 아니었다.

그 이후 마리우스는 한동안 산책을 하지 않았다. 이상과 현실, 현재와 미래, 외할아버지와 아버지 등등 너무나 많은 고민거리로 머릿속이 복잡했기 때문이다. 마리우스는 특히 외할아버지로 인한 갈등에 가장 많이 시달렸다. 아버지의 참모습을 발견하고 난 이후, 처음에는 외할아버지가 미워 견딜 수가 없었다.

그러나 시간이 흐르자 세상을 바라보는 시각과 함께 이해의 폭이 넓어지면서 외할아버지에 대한 격한 감정을 어느 정도 누그러뜨릴 수 있게 되었다. 마리우스가 다시 산책을 시작한 것은 바로 그즈음이었다. 뤽상부르 공원은 여전히 아름답고 푸르렀으며, 예전에 보았던 그 부녀 역시 똑같은 벤치에 앉아 한가로이 담소를 나누고 있었다.

거리가 좁혀지면서 얼핏 살펴보니, 노인은 그대로인데 소녀의 모습이 많이 달라져 있었다. 그녀는 분명 처음 보았을 때의 앳된 소녀가 아니었다. 우연히 그 소녀와 시선이 마주쳤다. 그 순간 마리우스는 가슴이 철렁 내려앉는 듯한 충격을 받았다. 난생처음 느껴 보는 사랑의 감정, 마리우스는 요동치는 가슴을 주체할 수가 없었다.

처음에는 소녀의 언니일 것이라고 생각했다. 그런데 아니었다. 몇 차례 고개를 갸웃거리던 마리우스는 그제야 깨달았다. 자신이 마지막으로 산책한 것이 벌써 1년 전이었던 것이다. 그날 마리우스는 뤽상부르 공원을 세 번이나 돌았다.

이튿날부터 마리우스는 단 하루도 빼놓지 않고 공원에 나갔다. 하지만 공원을 향하고 있는 그의 목적은 하루 전과 전혀 다른 것이었다. 그의 머릿속은 온통 어떻게 하면 그 소녀와 눈을 마주칠 수 있을지, 어떻게 하면 말을 걸어 볼 수 있을지에 대한

생각으로 가득했다. 그리고 며칠 뒤에는 두 사람을 미행해 집까지 알아낼 수 있었다.

하지만 그날 이후, 일주일이 넘도록 마리우스는 그들 부녀를 볼 수가 없었다. 마음이 다급해진 마리우스는 단숨에 그들이 살고 있는 집으로 달려가 문지기를 만났다. 문지기의 얘기를 들은 마리우스는 하늘이 무너져 내리는 것 같았다. 이사를 했다는 것이었다. 아무런 흔적도 남기지 않은 채…….

슬픔에 빠진 마리우스는 며칠 동안 꼼짝도 하지 않고 집 안에 처박혀 있었다. 삶에 대한 의욕도, 미래에 대한 희망도, 심지어는 외할아버지를 향한 원망조차도 부질없는 것으로 여겨졌다. 그러던 어느 날 저녁, 문을 두드리는 소리가 들려왔다. 화들짝 놀라 나가 보니 바싹 여윈 소녀가 문 앞에 서 있었다. 소녀는 울먹이는 목소리로 옆방에 사는 종드레트의 딸인데, 네 식구가 모두 종일토록 아무것도 먹지 못했다고 말했다.

마리우스는 가여운 생각에 주머니를 뒤져 돈을 주었다. 그리고 몇 년 동안 이웃해 살면서도 얼굴조차 모를 만큼 무심한 스스로를 책망했다. 처음으로 옆집에 관심을 갖게 된 마리우스는 건물이 낡아 생긴 벽 틈 사이로 옆집을 살펴보았다. 그 집의 풍경은 도저히 부모와 두 딸이 살고 있는 집이라고 할 수 없을 만큼 더럽고 지저분했다. 그리고 종드레트라는 이름을 가진 아버지는 무슨 불만이 있는지, 아내를 향해 연신 욕설을 퍼붓고 있었다.

짜증스러운 생각이 들어 눈을 떼려는 순간, 옆집 출입문에서 인기척이 났다. 그 소리와 함께 조금 전까지 팔팔하던 종드레트 부인이 침대에 누워 콜록거리기 시작했다. 잠시 후 문이 열리고 세 사람이 들어왔다. 맨 먼저 들어온 사람은 얼마 전 복도에서 한 차례 마주친 적이 있는 종드레트의 큰딸이었다. 그리고 뒤따라 들어오는 두 사람, 그 두 사람을 본 마리우스는 하마터면 고함을 지를 뻔했다.

종드레트의 집을 방문한 손님은 분명 공원에서 보았던 그 부녀였다. 마리우스는 두 눈을 벽 틈에 더욱 밀착시켜 주의 깊게 살펴보았다. 마리우스는 곧 가난에 찌든 종드레트 부부가 환자 행세까지 하면서 공원에서 보았던 부녀에게 도움을 얻고자 한다는 사실을 눈치챌 수 있었다. 그런 사실을 아는지 모르는지, 소녀의 아버지는 미리 준비해 온 먹을거리와 옷가지 등을 건네 주었고, 문을 나서기 전에는 주머니를 털어 돈까지 종드레트의 손에 쥐여 주었다.

그런데 자신을 도와준 사람들이 나가자마자 종드레트는 예전에 그 남자를 본 적이 있으며, 같이 온 소녀는 코제트인 것이 틀림없다고 소리쳤다. 그러자 종드레트 부인이 고개를 절레절

레 흔들면서, 코제트는 자기네 두 딸보다 훨씬 더 못생긴 아이였다면서 헛소리 그만하라고 핀잔을 주었다.

그러자 종드레트는 어쨌든 오늘 밤 6시에 그 사람이 다시 와서 돈을 주기로 했으니까, 그때 인상 고약한 친구들과 함께 협박을 해서 더 많은 돈을 뜯어내면 부자가 될 거라며 낄낄거렸다. 순간적으로 머리카락이 쭈뼛한 마리우스는 그길로 경찰서를 찾아가 조금 전에 벌어진 일을 빠짐없이 말했다. 그러자 사복을 입은 경찰은 자신의 신분을 자베르 검찰관이라고 밝힌 다음, 곧 경찰이 그 집을 포위하게 될 테니 시간이 되면 옆방을 잘 살피고 있다가 문제가 생길 낌새가 보이면 신호를 해 달라며 권총 한 자루를 주었다.

소녀의 아버지는 6시 정각에 다시 왔다. 그러자 종드레트는 기다렸다는 듯이 그를 맞았고, 곧이어 복면을 한 남자 세 명이 흉기를 들고 나타났다.

"미안하지만 가진 돈을 몽땅 내놓아야겠소!"

예기치 않은 상황에 어리둥절해 하는 소녀의 아버지를 향해 종드레트가 말했다. 잠시 당혹스러워하기는 했지만, 금세 냉정을 되찾은 소녀의 아버지가 전혀 떨리지 않는 차분한 목소리로 말했다.

"이게 무슨 짓이오?"

"나를 모르겠소? 나를 잘 살펴보시오. 나는 워털루 상사를 운영하던 테나르디에란 말이오!"

이번에 놀란 사람은 마리우스였다. 테나르디에라면 전장에서 아버지의 목숨을 구해 주었다는 병사였다. 그 테나르디에가 지금 자신을 도와주려는 착한 사람을 죽이려 하고 있는 것이었다. 마리우스는 갑자기 혼란스러워 온몸에 힘이 빠졌다. 그래서 하마터면 경찰이 준 권총을 놓칠 뻔했다.

그 사이 뒤에서 칼을 들이댄 남자들에 의해 별다른 반항도 해 보지 못하고 소녀의 아버지는 손발이 묶이고 말았다. 그러자 종드레트라는 가명으로 살아왔던 테나르디에가 이죽거리며 말했다.

"영감, 내게 20만 프랑을 주시오! 물론 지금은 가지고 있지 않을 테니 딸에게 편지를 써야 되겠지!"

오른손이 풀린 소녀의 아버지는 테나르디에가 부르는 대로 편지를 썼다. 다급한 일이 생겼으니 편지를 전해 준 사람을 따라오라는 내용이었다. 하지만 편지를 다 쓴 소녀의 아버지가 다시 결박되자마자, 딸은 다른 곳에 감금될 것이며 20만 프랑과 교환될 것이라고 했다.

잠시 후, 소녀를 데리러 간 테나르디에 부인이 헐레벌떡 달려왔다. 그리고 영감이 알려 준 주소는 이 세상에 없는 주소라고 소리쳤다. 마리우스는 소녀가 무사하여 마음이 놓였다. 바로 그 때, 소녀의 아버지가 빙긋이 웃으며 일어났다. 그리고 방 가운 데 있는 난로를 향해 다가가더니 묶여 있는 손을 갖다 댔다. 그 와 동시에 방 안에는 노끈과 살이 타는 고약한 냄새가 진동했 고, 손이 풀린 소녀의 아버지는 불쏘시개를 꺼내 발을 묶고 있 던 끈까지 풀어 버렸다.

테나르디에는 복면을 한 남자들에게 영감을 당장 죽여 버리 라고 소리쳤다. 마리우스가 권총을 쏘아 신호하려고 손을 들려 는 순간, 자베르가 부하들과 함께 문을 박차고 들어왔다. 느닷 없이 경찰이 들이닥치자 화들짝 놀란 테나르디에와 복면을 한 남자들은 순순히 무기를 버리고 수갑을 받았다. 그러나 소녀의 아버지는 언제 사라졌는지 어디에도 보이지 않았다. 그러자 자 베르가 입맛을 쩝쩝 다시며 '이번에도 놓치고 말았군!' 하고 혼 잣말을 중얼거렸다.

사랑, 그 아름다운 축복

1829년 10월 말, 장 발장과 코제트는 지난 5년 동안 자신들의 든든한 울타리가 되어 주었던 수도원을 떠나 인적이 드문 파리 외곽 플뤼메 거리의 아담한 이층집으로 이사했다. 두 사람은 투생이라고 불리는 늙은 하녀와 함께 이사를 했는데, 그들 세 사람이 첫발을 내디뎠을 때 그 집은 마치 새로 지은 것처럼 깔끔하게 수리가 되어 있었을 뿐만 아니라 세간까지 완벽하게 갖춰져 있었다.

장 발장은 자베르의 추적을 완벽하게 따돌릴 수 있는 수도원 생활이 매우 만족스러웠다. 하지만 자신의 안위를 위해 코제트를 희생시킬 수는 없다는 생각이 자꾸만 머릿속에 맴돌았다. 그것은 사랑하는 코제트가 소녀티를 벗고 여인으로 성숙해 가면서부터 시작된 고민이었다. 코제트의 의지와는 전혀 상관없이 그녀에게 수녀가 되도록 무언중에 압력을 행사하는 것은 아닌지 스스로 의구심이 생기는 것이었다.

절대로 그럴 수는 없다고 생각한 장 발장은 수녀원을 나오기로 결심했다. 그리고 얼마 전에 세상을 떠난 포슐방의 이름으로 집을 빌렸으며, 집주인의 동의하에 상당한 돈을 들여 쾌적한 환경을 만들어 놓았던 것이다. 그 모든 것은 오직 코제트의 행복한 미래를 생각해서 내린 조치였다. 새집에 도착하자 즐거워하는 코제트를 보면서 장 발장은 자신의 결단이 현명한 것이었다고 생각했다.

장 발장은 플뤼메 거리의 그 집 이외에도 파리 시내에 거처두 곳을 더 마련해 놓았다. 혹시 벌어질지 모를 불상사에 대비하기 위해서였다. 그렇게 만반의 준비를 마친 장 발장은 큰 불안함 없이 코제트와 함께 뤽상부르 공원을 산책했으며, 주변의 가난하고 불쌍한 사람들을 찾아 선행을 베풀기도 했다. 그런 과정에서 마리우스는 코제트에게 반했고, 종드레트라는 가명으로 살아가고 있던 테나르디에를 만나 곤욕을 치렀던 것이다.

한편 신앙심이 옅은 것은 아니었지만, 지나치게 규율이 엄격한 수녀원 부설 여학교는 가끔 어린 코제트를 지치게 했다. 그래서 아버지와 함께 매일 뤽상부르 공원을 산책하고, 벤치에 앉아 담소를 나누는 새로운 일상이 너무나 좋았다. 그런데 언젠가부터 산책을 할 때마다 뒤통수가 가려운 듯한 느낌을 받았다. 얼마 지나지 않아 말쑥하게 생긴 청년의 뜨거운 시선이 그 원인임을 확인할 수 있었다.

코제트는 가슴이 뛰었다. 깊이를 알 수 없는 느낌이 온몸에 퍼지면서 가슴이 알싸해졌다. 하지만 이상하게도 자신의 그러한 감정을 아버지한테 말하고 싶지 않았다. 그 까닭을 알 수는 없었지만, 코제트는 아버지에게 가슴이 쿵쾅거리고 있음을 끝내 말하지 않았다.

그러던 어느 날이었다. 수녀원에서 나온 이후 아버지는 대략 석 달에 한 번씩 집을 비우곤 했는데, 여행에서 돌아올 때마다 상당히 많은 돈을 가져왔고, 생활비와 비상금을 제외한 나머지 돈은 불쌍한 이웃들에게 나누어 주곤 했다. 그날은 마침 아버지가 여행을 떠나 집을 비운 날이었다.

투생 할멈은 일찌감치 잠자리에 들고, 혼자 남은 코제트는 공연히 허허로운 마음을 달래려고 방에서 나와 부드러운 잔디가 깔린 정원을 하릴없이 오락가락하고 있었다. 바로 그때, 담장 너머에서 날아온 작은 돌멩이 하나가 서너 발자국 앞에 떨어졌다. 깜짝 놀란 코제트는 멈칫하고 물러섰다. 그런데 돌멩이에

116

하얀 쪽지가 묶여 있는 것이 보였다.

코제트는 담장 밖을 확인하고 싶었다. 하지만 이사하기 전에 집을 수리하면서 담장을 어른 남자 키의 1.5배 이상으로 높여 놓았기 때문에 불가능했다. 잠시 망설이던 코제트는 돌멩이에 묶여 있는 쪽지를 풀어 보았다. 그 쪽지에는 의도를 쉽게 짐작할 수 없는 짧은 글귀가 쓰여 있었다.

'이게 무슨 뜻일까? 어떤 사람이 누구에게 보낸 것일까?'

코제트는 거듭거듭 그 글귀를 되새겨 보았다.

그대를 향한 내 사랑은 성스러운 불꽃입니다. 그런 까닭에 나 자신조차도 그것을 억제하거나 끌 수가 없습니다. 나는 지금 그 불꽃이 활활 타올라 하늘 끝까지 비추는 모습을 보고 있습니다.

코제트는 한참을 생각해 보았다. 그러자 처음에는 멀리서 가물거리던 어떤 남자의 얼굴이 서서히 다가와 확실하게 머릿속에 자리를 잡는 것이었다. 그는 바로 뤽상부르 공원에서 만난 멋진 청년이었다.

다음 날 아침, 코제트는 그 어느 때보다 일찍 일어나 식사를 하고 단정하게 옷매무새를 가다듬었다. 그리고 정해진 시간이 되기를 손꼽아 기다렸다가 산책길에 나섰다. 지금껏 코제트는 한 번도 혼자서 뤽상부르 공원에 간 적이 없었다. 지난번 아버지가 외출했을 때도 집에서 책을 보며 하루를 보냈다. 하지만 이번만큼은 그러고 싶지 않았다. 아니, 아버지의 부재를 오히려 감사하고 있었다.

코제트는 금방이라도 터져 버릴 듯 두근거리는 가슴을 애써 진정시키며 집을 나섰다. 혹시라도 길가에서 그 청년과 마주칠까 두려워 고개를 제대로 들지도 못한 채 땅바닥만 쳐다보며 발걸음을 옮겼다. 잠시 후, 코제트는 아버지와 함께 담소를 나누던 그 벤치에 도착했다. 그리고 집 밖으로 나온 이후 처음으로 고개를 들었다.

"기다리고 있었습니다."

지난밤에 머릿속에 떠올렸던 바로 그 청년이었다. 청년은 코제트가 뭐라고 대답하기도 전에 말을 이었다.

"제 감정을 속이지 못해 숙녀분께 너무 큰 실례를 범하지 않았나 하고 걱정했습니다."

"아, 예."

코제트는 얼굴을 붉힌 채 기어들어 가는 목소리로 짧게 대답했다.

"제가 보낸 쪽지 때문에 기분이 언짢으셨나요?"

"그게…….."

"역시 그러셨군요. 나 혼자만 그토록 애를 태운 것이었군요!"

코제트가 머뭇거리자 청년이 절규하듯 외쳤다. 그러자 당황한 코제트가 부끄러운 듯 고개를 저으며 말했다.

"그게 아니라, 혹시 아버지가 그 쪽지를 먼저 발견하셨다면 어찌 되었을까 하는 생각 때문에…….."

"그러니까 그 말은 아가씨도 제가 싫지 않다는 뜻인가요?"

코제트가 고개를 끄덕였다. 그와 동시에 청년은 환호를 지르며 펄쩍펄쩍 뛰더니, 갑자기 코제트를 끌어안고는 입맞춤을 하는 것이었다. 화들짝 놀란 코제트가 가슴을 밀어내자, 청년은 그제야 정신을 차린 듯 흥분을 가라앉혔다.

"워낙 기쁜 나머지 동의도 없이 또 한 번 무례를 범했군요. 죄송합니다. 이렇게 정식으로 사과드릴 테니 부디 용서해 주시기 바랍니다."

청년은 코제트 앞에 무릎을 꿇고 용서를 빌었다. 그러자 얼굴이 발그레해진 코제트가 청년의 팔을 잡고 일으켜 세웠다. 두 사람은 그렇게 벤치에 앉았다. 정식으로 만난 지 10여 분이 지난 다음에, 그것도 입맞춤까지 한 이후에야 비로소 통성명을 할 수 있었다.

"저는 마리우스라고 합니다."

"저는 코제트라고 해요."

하지만 서로의 이름은 크게 중요하지 않았다. 그들은 이미 오래전부터 서로를 가슴속 깊은 곳에 간직하고 있었기 때문이다. 두 사람은 그렇게 사랑을 키워 나갔다. 하루라도 만나지 않으면 견딜 수 없었다. 뤽상부르 공원에서 만나지 못하면, 저녁때 마리우스가 코제트의 집 부근에 와서 새소리로 신호를 보냈다. 그러면 코제트는 조심스럽게 대문을 빠져나와 솜사탕보다 더 달콤한 데이트를 즐기곤 했다.

그렇게 1년이 흐른 어느 날이었다.

"아무래도 파리를 떠나게 될 것만 같아요."

새소리 신호를 듣고 대문을 나온 코제트는 마리우스를 만나자마자 눈물을 글썽이며 말했다. 갑작스러운 이야기에 두 눈이 휘둥그레진 마리우스가 물었다.

"떠나다니, 그게 무슨 말이야?"

"자세한 내용은 알 수 없지만 아버지한테 급한 일이 생긴 것 같아요. 시간이 일주일 정도밖에 없다고 하시면서 미리 짐을 챙겨 놓으라고…….."

"어디로 가는 건데?"

"그것도 잘 몰라요. 아마도 영국이 아닐까 싶은데…….."

영국으로 가게 되면 언제 돌아올지 기약도 없다면서 코제트는 하염없이 눈물을 흘렸다. 마리우스는 가슴이 찢어지는 것만 같았다. 난생처음 행복이라는 것을 알게 되었고, 그것의 깊이가 어느 정도인지를 배워 가고 있는데, 마른하늘에 날벼락이 떨어진 것이었다.

한참 만에 냉정을 되찾은 마리우스가 물었다.

"당신도 갈 거야?"

"나 때문에 애쓰신 아버지를 혼자 보낼 수는 없잖아요."

마리우스는 한편으로 서운했다. 하지만 고개를 끄덕이며 그것은 당연한 일이라고 생각했다. 살아서는 한 번도 본 적이 없는 아버지의 얼굴이 떠올랐기 때문이다.

"그렇다면 나도 따라가겠어!"

"예?"

"난 아직까지 한 번도 하느님께 어떤 맹세를 한 적이 없었어. 오늘 하느님 앞에 첫 맹세를 할게."

코제트는 마리우스가 뭘 얘기하려 하는지 짐작할 수가 없었다.

"어떤……?"

"앞으로 죽는 날까지 당신만을 사랑할 거야. 그러니까 울지 마. 나는 언제나 당신 곁에 있을 테니까……."

그즈음, 장 발장은 몹시 혼란스러웠다. 코제트와 함께 오랫동안 해 왔던 산책도 하지 못했다. 테나르디에 때문이었다. 불쌍한 사람을 도우려다 테나르디에가 파 놓은 함정에 빠져 곤욕을 치렀던 장 발장은 종종 그때를 생각하며 치를 떨었다.

테나르디에야말로 자베르와 함께 이 세상에서 두 번 다시 보고 싶지 않은 사람이었다. 그런데 보름 전, 집 근처의 큰길가에서 테나르디에와 마주치고 말았다. 장 발장은 습관적으로 변장하고 다녔으므로 다행히 테나르디에는 전혀 알아보지 못했다. 하지만 테나르디에가 뭔가 낌새를 채고 이곳까지 와서 주변을 탐색하고 다닌다는 생각이 들었다.

장 발장이 영국으로 떠나려고 결심한 것은 바로 그 때문이었다. 프랑스에서는 단 한순간도 마음을 놓을 수 없는 것이 자신의 처지였다. 그럴 바에는 영국으로 건너가 마음 편하게 살면서 코제트를 공부시키는 것이 가장 바람직하다고 생각한 것이었다. 게다가 프랑스 정국의 혼란이 날로 심해지고 있다는 사실도 한몫 거들었다.

한편, 코제트와 헤어진 마리우스는 곧 질노르망의 집으로 향했다. 마리우스는 질노르망을 만나자마자 코제트라는 아가씨와 결혼하고 싶으니 허락해 달라고 부탁했다. 하지만 질노르망은 자신이 살아 있는 한, 근본도 모르는 여자와 결혼시킬 수는 없다고 했다. 게다가 집을 나간 후 연락조차 끊어 버린 사실 때문에 엄청나게 야단만 맞고 발길을 되돌릴 수밖에 없었다.

이튿날 오후, 마리우스는 별다른 생각 없이 언젠가 자베르에게 받은 권총을 주머니에 넣고 집을 나섰다. 거리로 나온 마리우스는 발길이 닿는 대로 걷고 또 걸었다. 그러다 언뜻 고개를 들어 보니 코제트가 살고 있는 집 앞이었다. 그런데 평소와는 달리 대문이 열려 있었다. 정신이 번쩍 든 마리우스는 집 안으로 뛰어 들어갔다. 아무도 없었다. 벌써 이사를 해 버린 것이었다.

코제트가 없는 삶은 상상할 수가 없었다. 마리우스는 죽음을 생각했다. 그 순간, 거리가 갑자기 소란스러워졌다. 밖으로 나가 보니, 샹브르리 거리에서 민간인과 군인 사이에 전투가 벌어졌다며 사람들이 우왕좌왕하고 있었다. 그렇다면 그것은 분명 자유와 평등을 외치는 운동권 학생들과 왕당파 사이에 벌어진 전쟁일 것이었다. 마리우스는 군중 속에 끼어 그곳으로 향하기 시작했다.

한편, 폭동이 일어났다는 소식을 전해 들은 자베르도 샹브르리 거리에 도착했다. 그는 늘 사복을 입고 다녔으므로 학생들이 설치해 놓은 바리케이드를 어렵지 않게 통과할 수 있었다. 하지만 허리춤에 차고 있던 권총 때문에 학생들에게 잡혀 신분이 탄로 났고, 결국에는 기둥에 묶이는 신세가 되고 말았다.

바리케이드를 사이에 두고 학생들과 군인들은 한동안 대치 상태를 유지하고 있었다. 마리우스가 도착하기 직전부터 총격전이 시작되었다. 마리우스는 서둘러 ABC 친구 회원으로 활동하는 친구 쿠르페락을 찾아보았다.

예상했던 대로 쿠르페락은 맨 앞에 서서 학생들을 지휘하고 있었다. 마리우스가 그 친구를 부르려는 순간, 바리케이드 건너편에서 군인 한 사람이 쿠르페락을 정조준하고 있었다. 마리우스는 자신도 모르는 사이에 권총을 빼 들었다. 그러고는 건너편 군인을 향해 방아쇠를 당겼다.

총성이 끊임없이 울려 퍼지는 가운데 학생들은 점점 밀리기 시작했다. 정규 군사 교육을 받은 군인들과의 전투는 처음부터 승산이 없었다. 하지만 학생들은 포기하지 않았다. 마리우스 역시 그들 가운데 포함되어 있었다. 마리우스가 바리케이드 건너편에 온 신경을 집중하고 있을 때, 누군가 자신을 부르는 소리가 들려왔다.

마리우스는 고개를 돌려 뒤를 돌아보았다. 언젠가 종일토록 굶었다며 집에 찾아온 테나르디에의 둘째 딸이 마리우스를 향해 손을 흔들고 있었다. 하지만 그것도 잠시, 건너편에서 유탄하나가 날아와 그녀의 왼쪽 가슴을 관통하고 말았다.

마리우스는 재빨리 다가가 쓰러져 있는 그녀를 부축했다. 가쁜 숨을 몰아쉬던 테나르디에의 둘째 딸이 가까스로 눈을 뜨더니 말했다.

"당신에게 편지가 왔어요. 어제 전해 주었어야 했는데…….
왠지 모를 질투심이 생겨 그럴 수가 없었답니다. 부디 용서해
주세요."

그녀는 주머니에서 편지를 꺼내 마리우스에게 건네주고는
눈을 감고 말았다. 뒤에 있던 학생들이 그녀의 시체를 옮겨 가
자, 마리우스는 편지를 뜯어 읽어 보았다.

사랑하는 마리우스!

일정이 앞당겨져 당신을 만나지도 못 한 채 떠나게 되었습
니다. 우리는 롬 아르메 거리 7번지에 일주일 동안 머문 뒤
영국으로 간답니다. 사랑합니다, 나의 마리우스!

당신의 코제트가

뜨거운 눈물을 흘리며 코제트의 편지를 읽은 마리우스는, 수
첩을 꺼내 한 장을 뜯어낸 다음 빠르게 적어 내려갔다.

내 사랑 코제트!

외할아버지께 우리 결혼을 허락해 달라고 부탁했지만 거
절당하고 말았어. 비록 결혼을 할 수는 없게 되었지만, 나는

하느님께 했던 처음이자 마지막 맹세를 반드시 지킬 거야. 무
슨 일이 생겨도 울지 마. 이 편지를 읽을 무렵, 나는 분명 넋
이 되어 당신과 함께하고 있을 테니……

당신을 사랑하는 마리우스가

마리우스는 휘갈겨 쓴 편지를 접은 다음, 바깥쪽 면에 코제트
가 일주일 동안 머문다는 곳의 주소와 이름을 썼다. 그리고 학
생들을 돕고 있는 시민에게 오늘 중으로 그 편지를 전해 달라고
부탁했다.

바로 그 시간, 장 발장은 코제트가 마리우스에게 보낸 편지를
토씨 하나 빼놓지 않고 읽고 있었다. 코제트가 편지를 쓰면서
사용한 종이는 하필이면 뒷면이 그대로 복사되는 먹지였다. 갑
작스러운 이사로 마음이 급해진 코제트는 그런 사실도 모른 채,
표지가 하얀 책을 밑에 받치고 편지를 쓰고는 그 책을 이삿짐
속에 넣어 버렸던 것이다.

장 발장은 그 편지를 여러 차례에 걸쳐 읽고 또 읽었지만 도
무지 믿어지지 않았다. 코제트가 남자를 만나 사랑을 하고, 그
것 때문에 괴로워하고 있다는 사실을 용납할 수가 없었다. 물론
코제트를 향한 자신의 사랑은 부성애였다. 그러나 자신이 코제
트를 위해 지금까지 해온 일들이 한순간에 날아가 버린다고 생

각하니 견딜 수가 없었던 것이다.

장 발장은 코제트와 함께했던 수많은 시간을 되새겨 본 끝에 그 남자가 누구인지 짐작할 수 있었다. 바로 그때, 출입문 두드리는 소리가 들려왔다. 문틈으로 얼굴을 확인한 장 발장은 조심스럽게 문을 열었다. 온몸이 땀으로 범벅이 된 남자는 코제트 포슐방이 수신인으로 된 편지를 한 통 건네주고는 금세 왔던 길로 사라지고 말았다.

코제트와 투생 할멈이 아무런 낌새도 채지 못했음을 확인한 장 발장은 방으로 들어와 편지를 읽어 보았다. 이번에는 마리우스가 코제트에게 보낸 편지였다. 자신의 죽음을 예고하고 있는 그 편지는 코제트의 편지보다 장 발장을 더욱더 놀라게 했다.

왕당파는 분명 날이 밝기 전에 학생들에게 총공격을 퍼부을 것이었다. 그렇다면 마리우스의 예견처럼 그는 곧 넋이 될 수밖에 없었다. 시간이 별로 없었다. 그와 반비례하여 장 발장의 고뇌는 자꾸만 깊어 갔다. 그로부터 30여 분 후, 옷을 갈아입은 장 발장은 아무도 몰래 집을 빠져나왔다.

마리우스를 살려 내다

왕당파가 이끄는 정부군에게 대규모 공격을 받은 시민과 학생 진영은 그야말로 아수라장이었다. 예상보다 사상자가 많지는 않았지만, 정부군이 또다시 공격해 온다면 치명타를 입을 것이 분명했다. 게다가 그들이 지키고 있는 바리케이드는 이미 포위된 상태였다. 시민군 작전 본부에서는 최소한의 병력인 30여 명만 남고 뿔뿔이 흩어져 목숨을 건지기로 의견을 모았다.

모두들 서로 남아 바리케이드를 지키겠다고 아우성이었다. 그렇게 우왕좌왕하는 상황에서 마리우스는 낯익은 얼굴을 발견했다. 그 사람은 바로 코제트의 아버지인 포슐방 씨였다. 바리케이드 안으로 들어온 포슐방 씨는, 늙은 나이에도 불구하고 마치 평생 동안 군대 생활을 한 사람처럼 숙련된 몸동작으로 날렵하게 움직이며 시민군에게 많은 도움을 주었다.

주민들의 도움과 시민군의 악착같은 저항 속에서 바리케이드는 날이 밝을 때까지 점령되지 않고 있었다. 그뿐만 아니라 샹브르리 거리와 인접한 곳의 주민들까지 합세하여 시민군을 위한 바리케이드를 설치하기 시작했다. 그래서 어떤 결과가 나올지 예측하기가 어려운 상황이 되었다.

하지만 최초의 바리케이드인 샹브르리 거리에 남은 시민군은 마지막을 준비하고 있었다. 시민군 지휘자는 우리 모두 완벽한 최후를 맞이하자고 외쳤다. 그러고 나서 누군가 자베르를 데리고 나가 처치하라고 말했다. 그러자 장 발장이 앞으로 나섰다. 장 발장은 지난밤 많은 공을 세웠으므로 모두들 흔쾌히 허락했다.

권총 한 자루를 손에 쥔 장 발장은 손발이 결박된 채 기둥에 묶여 있는 자베르 앞으로 다가갔다. 장 발장을 한 차례 힐끗 쳐다본 자베르는 마치 기다리고 있었다는 듯 입꼬리를 씰룩 올리며 웃더니, 결국은 저승길에서 만나게 될 것이라고 말했다. 하지만 장 발장은 아무 대꾸도 하지 않은 채 자베르를 묶고 있던 밧줄을 풀었다.

두 사람은 바리케이드 뒤쪽으로 걸음을 옮겼다. 모든 시민군은 건너편 정부군의 움직임에 집중하느라 뒤를 돌아볼 겨를이 없었다. 아니, 자베르라는 스파이가 어떻게 죽든 전혀 신경 쓰지 않았다. 장 발장은 자베르를 끌고 건물 뒤쪽까지 걸어갔다. 그리고 주머니에서 칼을 꺼내 자베르의 손발을 묶고 있던 결박을 풀어 주었다.

"가시오, 자베르 검찰관! 처음부터 나는 당신을 죽일 생각이 없었소!"

"……!"

전혀 예상하지 못한 상황이 벌어지자 자베르는 아무 말도 못한 채 눈만 끔벅이고 있었다. 장 발장이 말을 이었다.

"나는 오늘 여기서 목숨을 잃게 될 거요. 그러나 만에 하나 살아 나가게 된다면……."

장 발장은 자베르에게 자신이 머물고 있는 집 주소를 알려 주었다. 그러고는 빨리 사라지라고, 그러지 않으면 정말로 죽을 수도 있다고 말했다. 충격에 빠진 자베르가 비틀거리며 멀어지기 시작했다. 장 발장 역시 반대 방향으로 걸음을 옮겨 바리케이드로 돌아왔다. 바로 그 순간, 콩 볶는 소리와 함께 건너편에서 총알이 날아오기 시작했다. 총공격을 개시한 것이었다. 장 발장은 반사적으로 허리를 굽혔다.

방어선을 점검하기 위해 잠시 고개를 돌렸던 마리우스가 전

방을 향하던 바로 그때, 총알 하나가 날아와 오른쪽 가슴과 쇄골 사이를 뚫고 지나갔다. 마리우스는 그 자리에 쓰러지고 말았다. 코제트의 얼굴이 눈앞을 스쳐 갔다. 그리고 이제는 죽음을 맞이해야 한다는 생각을 마지막으로 의식을 잃어버렸다.

총소리에 깜짝 놀란 장 발장이 숙였던 허리를 편 순간, 불과 몇 걸음 앞에 서 있던 마리우스가 총에 맞아 쓰러졌다. 바리케이드 건너편에서는 수많은 군인이 함성을 지르며 달려오는 중이었다. 장 발장은 앞뒤 가릴 겨를도 없이 마리우스를 들쳐 업었다. 그리고 조금 전 자베르가 모습을 감췄던 그 골목을 향해 정신없이 뛰었다.

그런데 이번에는 반대쪽에서 군인들이 몰려오고 있었다. 다행히 거리는 상당히 있었지만, 1~2분 내에 결정적인 탈출구를 찾지 못하면 죽어 가는 마리우스는 물론 자신까지도 끝장이 날 판국이었다. 장 발장은 거듭해서 시도했던 탈옥을 떠올리며 사방을 둘러보았다. 하지만 눈앞에 보이는 것은 모두 굳게 잠긴 건물뿐 몸을 숨길 곳은 그 어디에도 없었다.

절망적이었다. 이제 불쌍한 코제트는 또다시 혼자가 될 수밖에 없다는 생각에 장 발장이 고개를 떨어뜨리는 순간, 골목 어귀에 있는 맨홀 뚜껑이 시야에 들어왔다. 바로 그곳이었다. 두 사람을 위한 유일한 탈출구가 거기에 있었다.

장 발장은 허리춤에 차고 있던 권총을 꺼내 맨홀 뚜껑 틈에 끼워 넣었다. 그리고 있는 힘껏 권총을 밟아 무거운 맨홀 뚜껑을 들어 올리는 데 성공했다. 장 발장과 마리우스는 그렇게 하수도 안으로 몸을 숨길 수 있었다. 칠흑 같은 어둠과 고약한 냄새 때문에 제대로 숨을 쉴 수 없을 지경이었지만, 하수도는 그 어떤 장소보다 안전한 곳이었다.

어느 정도 시간이 지나자 눈동자가 어둠에 익숙해져 주위를 분간할 수 있었다. 그리고 곳곳에 설치된 맨홀 뚜껑 틈새로 빛이 들어와 위치를 대강 짐작할 수 있었다. 장 발장은 머리 위에 있는 거리를 떠올리며 걸음을 옮겼다.

잠시 후, 어스름한 빛과 함께 어느 정도 공간이 있는 장소에 도착했다. 하수도를 만들 때 인부들이 쉬는 장소로 사용했던 곳이라는 생각이 들었다. 장 발장은 업고 있던 마리우스를 바닥에 내려놓았다. 그리고 옷자락을 헤쳐 상처를 살펴보았다. 다행히 총알은 급소를 피한 것 같았다. 장 발장은 자기 셔츠를 찢어 더 이상 피가 나지 않도록 꼼꼼하게 지혈을 했다.

그 와중에 마리우스의 주머니에서 메모가 적힌 쪽지가 떨어졌다. 그 쪽지에는 자기 이름이 마리우스 퐁메르시라는 사실과, 자기가 죽어 시체로 발견되면 피유 뒤 칼베르 거리 6번지에 사는 질노르망에게 보내 달라는 내용이 적혀 있었다. 장 발장은 그 메모를 다시 주머니 속에 넣었다.

이제 남은 일은 어떻게 하수도를 빠져나가느냐 하는 것이었다. 마치 두더지처럼 땅속에서 사방을 돌아다녀 보았지만 마땅한 출구는 보이지 않았다. 맨홀 뚜껑을 열고 나간다는 것은 자살행위나 마찬가지였고, 바깥세상으로 나갈 수 있는 나머지 모든 곳에는 두꺼운 철창이 가로막혀 있었다.

온몸에 기운이 빠진 장 발장은 철창에 기댄 채 한숨을 길게 내쉬었다. 바로 그때, 철창 밖에서 들어온 손 하나가 장 발장의 어깨를 토닥거렸다. 화들짝 놀란 장 발장이 고개를 돌리는 순간, 낯설지 않은 남자의 목소리가 들려왔다.

"어이, 친구. 철창 밖으로 나오고 싶은가?"

목소리의 주인공은 분명 테나르디에였다. 재빨리 고개를 되돌린 장 발장은 애써 다른 사람처럼 목소리를 꾸며 대답했다.

"도와주시려나, 친구?"

테나르디에는 장 발장을 알아볼 수 없었다. 하수도 안에 있는 장 발장이 빛을 등졌을 뿐만 아니라, 얼굴은 물론 온몸이 오물과 진흙으로 뒤덮여 있었기 때문이다.

"그렇다면 우리 둘이 나누어 갖자고!"

장 발장은 테나르디에가 무슨 말을 하는지 알아들을 수가 없었다.

"뭘 나누어 갖자는 말인가?"

"자네가 죽인 저 녀석의 주머니에서 꺼낸 게 있을 거 아닌
가?"

그제야 장 발장은 테나르디에의 생각을 읽을 수 있었다. 그러
니까 테나르디에는 장 발장이 돈을 빼앗으려고 마리우스를 죽
였다고 오해한 것이었다. 테나르디에가 말을 이었다.

"자, 하수도를 막고 있는 철창 열쇠는 나한테 있다네. 그러니
자네가 나오고 싶다면 돈을 반으로 나누기만 하면 되는 거야."

장 발장은 언제 무슨 일이 벌어질지 몰랐으므로 늘 얼마간의
돈을 지니고 다녔다. 그런데 그날은 급히 옷을 갈아입고 나오느
라 따로 챙기지를 못했다. 그래서 지금은 신발 속에 비상금으로
감춰 둔 30프랑이 가진 돈의 전부였다.

"겨우 이 돈 때문에 사람을 죽였단 말인가?"

의심의 눈초리를 거두지 못한 테나르디에는 손을 철창 안으
로 넣어 장 발장의 몸을 뒤져 보았다. 하지만 돈은 나오지 않았
다. 그러자 죽은 듯이 늘어져 있는 마리우스의 몸도 수색하겠다
고 했다. 장 발장은 테나르디에가 원하는 대로 해 주었다. 테나
르디에는 마리우스의 몸을 뒤지면서 은밀하게 그의 옷자락을
한 조각 찢어 냈다. 혹시 나중에 그것을 미끼로 또 다른 수입을
올릴 수 있을지도 모른다는 생각 때문이었다.

더 이상 돈을 찾지 못한 테나르디에는 열쇠를 꺼내 철창을 열어 주었다. 그리고 장 발장의 손에 있는 15프랑을 낚아채듯 가져가더니 바람같이 사라지고 말았다. 밖으로 나온 장 발장은 우선 맑은 공기를 한껏 들이마신 다음, 더러워진 마리우스의 얼굴을 흐르는 강물에 씻겼다. 그리고 다시 고개를 숙여 자기 얼굴을 닦으려는 순간, 누군가의 시선을 강하게 느꼈다.

고개를 든 장 발장은 뒤를 돌아보았다. 자베르였다. 사실 자베르는 장 발장을 체포하기 위해 그곳까지 간 것은 아니었다. 바리케이드에서 장 발장에게 풀려난 이후 경찰 본연의 자세로 되돌아간 자베르는 지난번 사건 때문에 알게 된 테나르디에 일당을 감시하다 우연히 그곳에 도착한 것이었다.

자베르를 다시 만난 장 발장은 의외로 차분했다.

"자베르 검찰관, 나를 체포하시오. 하지만 당신이 반드시 들어주어야 할 청이 하나 있소."

"그 청이 뭡니까?"

"책임지고 이 청년을 집까지 옮겨 주시오."

자베르는 그제야 아직까지 쇼크 상태에서 깨어나지 못한 마리우스에게 시선을 옮겼다. 자베르는 뛰어난 경찰이었다. 따라서 마리우스의 얼굴을 금세 알아볼 수 있었다.

"바리케이드에서 여기까지 업고 온 거요?"

장 발장은 대답 대신 마리우스의 주머니에서 쪽지를 꺼내 자
베르에게 건네주었다. 자베르는 곧 지나가는 마차꾼을 불러 세
웠다. 장 발장은 마리우스를 안아 조심스럽게 마차에 뉘었다.
그리고 마차꾼에게 마리우스의 주소를 알려 준 다음, 생명이 위
독하니 빨리 옮겨 달라고 거듭 당부했다.

마차가 출발하고 나자 장 발장은 고개를 돌렸다. 그런데 당연
히 옆에 서서 기다리고 있다가 자신을 체포해야 할 자베르의 모
습이 보이지 않았다.

용서와 화해, 그리고 이별

총상을 입고 의식을 잃은 마리우스가 마차꾼에게 업혀 집 안으로 들어오자, 질노르망과 이모는 경악을 금치 못했다. 이모가 물수건을 가져와 마리우스의 얼굴을 닦고 있을 때, 의사가 헐레벌떡 달려왔다.

"어떻소?"

마음이 급해진 질노르망은 의사가 마리우스의 상처를 채 보기도 전에 물었다. 가쁜 숨을 진정시킨 의사는 차분하게 마리우스의 상태를 살폈다. 맨 처음 마리우스의 맥을 짚어 보더니 고개를 끄덕인 다음 상처 부위를 꼼꼼하게 살폈고, 마리우스의 오른팔을 잡아 상하좌우로 움직여 보기도 했다.

"총알이 오른쪽 가슴과 쇄골 사이를 뚫고 지나갔는데, 이상하리만치 멀쩡합니다. 팔을 움직여 보니 총알이 중요한 근육은 모두 피해 간 듯싶습니다. 젊은 사람이라 상처도 금세 아물 테니 너무 걱정하지 마십시오."

그러자 질노르망이 다시 물었다.

"지금 아이의 의식이 돌아오지 않잖소?"

"곧 괜찮아질 겁니다."

하지만 질노르망은 발악하듯 외쳤다.

"이 녀석이 나에게 복수를 한 거야. 나한테 복수하기 위해 이런 사고를 당한 거라고!"

노인의 울부짖음이 집 안에 울려 퍼졌다. 마치 그 소리를 듣기라도 한 듯, 마리우스의 몸이 움찔거렸다. 그리고 잠시 후, 꿈을 꾸다 깨어난 듯 살며시 눈을 떴다.

"오, 마리우스! 귀여운 내 새끼! 정신이 드느냐?"

마리우스가 눈을 뜨자 이번에는 질노르망이 실신해 버렸다. 화들짝 놀란 의사가 재빨리 노인을 받아 안았다. 그리고 손발을 주물러 혈액 순환을 원활히 한 다음, 심리적 안정을 찾을 수 있도록 노인의 엉덩이에 주삿바늘을 꽂았다.

한편, 장 발장이 마리우스를 마차에 실을 때 조용히 그곳을 떠나온 자베르는 난생처음 산책하는 듯한 느린 걸음으로 센 강가를 걷고 있었다. 자베르는 본래 자신에게 주어진 임무에 최선을 다하는 경찰이었다. 그래서 국가나 법이 금하는 일을 하면 지위 고하를 막론하고 체포하고 가뒀다. 그것이 사람들의 눈에는 강자에게는 약하고 약자에게는 강한 파렴치한 인간으로 인식되었다.

자베르는 스스로 평생 불법을 저지른 적이 없다고 자부해 왔다. 그런데 이제 인생의 황혼을 눈앞에 둔 시기에 장 발장에 의해 그 기록이 깨지고 말았다. 마땅히 처벌을 받아야 할 죄인을 놓아준 것이었다. 자베르는 혼란스러웠다. 차라리 바리케이드 안에서 장 발장의 손에 죽었어야 했다. 그랬더라면 평생의 신념이 이토록 흔들리지는 않았을 것이기 때문이었다.

그렇다고 자신을 살려 준 것에 대한 보답으로 장 발장을 놓아준 것은 아니었다. 양심에 비추어 그것은 추호도 거짓이 없었다. 다만 장 발장이 살아온 궤적을 누구보다 잘 알고 있는 그였기에, 자기도 모르는 사이에 그 자리를 떠나고 말았던 것이다. 자베르는 생각했다. 법은 무엇인가? 도덕은 무엇인가? 그리고 관용이나 자비, 나아가 연민은 또한 무엇인가?

그에게 있어서 법이란 신과 동일시할 수 있는 유일한 신념이었다. 그래서 법을 어기는 자를 경멸했다. 그런데 어느 순간 '법은 과연 진실한가?'라는 의구심이 생겨났다. 장 발장은 법의 포로인 반면, 자신은 법의 노예라는 생각도 들었다. 포로와 노예는 절대로 같을 수 없다. 포로는 매 순간 탈출을 꿈꾸지만, 노예는 종속되어 있는 존재일 뿐이기 때문이다.

바람이 불어와 센 강 다리 난간에서 걸음을 멈춘 자베르의 머리카락을 흩날렸다. 자베르는 한동안 꼼짝도 하지 않고 석상처럼 서 있었다. 그리고 잠시 후, 다리를 건너던 사람들은 풍덩 하는 소리와 함께 튀어 오른 물살이 사방으로 흩어지는 것을 보았다. 어디로 갔는지 자베르의 모습도 보이지 않았다. 하지만 사람들은 그 자리에 자베르가 서 있었다는 사실조차 알지 못했다.

질노르망의 집으로 돌아온 지 두 달 만에 마리우스는 자리를 털고 일어날 수 있었다. 마리우스가 침대에 누워 있는 동안, 질노르망은 단 한순간도 손자의 곁을 떠나지 않았다. 상처를 소독하는 일부터 환자가 먹을 음식을 조리하는 것에 이르기까지 꼬치꼬치 따지고 간섭하며 온갖 정성을 다했다.

하지만 마리우스는 달랐다. 의식을 회복한 이후 단 한 차례도 질노르망을 향해 할아버지라고 부르지 않았다. 그리고 질노르망을 향한 시선 또한 싸늘하기 이를 데 없었다. 마치 언제든 논쟁거리가 생기면 목숨을 걸고서라도 이기고야 말겠다는 의지를 다지는 듯싶었다.

그러던 어느 날, 질노르망의 집으로 코제트가 찾아왔다. 코제트 옆에는 깔끔한 정장 차림으로 단장한 포슐방이 함께하고 있었다. 두 사람을 맞이한 질노르망은 귀족 출신답게 정중하면서도 우렁찬 목소리로 말했다.

"존경하는 포슐방 씨, 제 외손자인 마리우스 퐁메르시 남작은 당신의 따님인 코제트 포슐방 양에게 예를 갖추어 청혼하는 바입니다."

포슐방은 고개를 숙여 질노르망에게 인사를 했다. 코제트의 갑작스러운 방문과 질노르망의 느닷없는 청혼에 마리우스는 정신을 차릴 수 없었다. 게다가 잇따른 질노르망의 외침이 그를 더욱 놀라게 했다.

"나는 마리우스의 보호자이자 외할아버지 자격으로 코제트 양과의 결혼을 아무 조건 없이 허락하는 바이다. 그러니 두 사람은 마음껏 사랑하고 마음껏 젊음을 만끽하라!"

마리우스는 질노르망의 목소리가 채 울려 퍼지기도 전에 코제트를 끌어안았다. 그러자 집 안에 있던 모든 사람이 박수로 두 사람을 축하했다. 사람들의 박수가 끝나자 질노르망이 다시 입을 열었다.

"그런데 한 가지 유감스러운 것은 내 재산 중 절반이 종신 연금으로 묶여 있다는 사실이다. 나머지 절반은 마리우스의 이모

몫이므로 나도 어쩔 수가 없지. 그러니 내가 죽고 나면 너희는 무일푼이 된다. 내가 살아 있는 동안에는 연금이 나올 테니 아무 걱정도 없지만 말이다."

그러자 포슐방이 입을 열었다.

"코제트 포슐방 양은 60만 프랑을 은행에 예치해 두고 있습니다."

그 말은 코제트에게도 금시초문이었다. 하지만 결혼을 허락받은 두 젊은이는 재산 문제에 대해서 아무런 관심도 없었다. 다만 서로 함께할 수 있어 행복할 뿐이었다.

한편, 결혼식 날짜가 확정되고부터 준비를 하느라 하루하루 바쁜 나날을 보내면서도 마리우스는 은밀하게 바리케이드에서 자신을 구해 준 은인을 찾고 있었다. 자기 목숨을 구했을 뿐만 아니라, 꿈보다 더 달콤한 행복을 안겨 준 그 사람을 찾아 어떤 방법으로든 감사함을 전하고 싶었던 것이다.

마리우스는 천신만고 끝에 자신을 집까지 옮긴 마차꾼을 찾아낼 수 있었다. 하지만 그에게서 얻은 정보는 센 강가 하수도 출구에서 우연히 경찰의 부름을 받았고, 나이 들어 보이는 한 남자가 죽어 가는 자신을 업고 있다가 마차에 태워 주었다는 사실뿐이었다. 마리우스는 혹시 은인을 찾는 데 도움이 될지 몰라 그날 밤 입었던 옷가지를 그대로 보관하고 있었다. 그런데 자세히 살펴보니 한쪽 소맷자락이 상당 부분 잘려 나간 상태였다.

셴 강가에 있는 하수도 출구라면 바리케이드에서 최소한 6킬로미터가 넘는 거리였다. 은인은 정신을 잃어 축 늘어진 자신을 업고 아무것도 보이지 않는 하수도 속에서 그 먼 거리를 걸어 살려 냈다. 게다가 그 사람은 아무런 대가도 바라지 않고 바람처럼 사라져 버린 것이었다.

그런 가운데서도 시간은 흘러 1833년 2월 16일이 되었다. 마리우스와 코제트가 결혼식을 하는 날이 밝았다. 그런데 결혼식을 올리기 며칠 전에 포슐방이 오른손을 다쳤다. 그래서 어쩔 수 없이 질노르망이 두 사람의 후견인 겸 증인이 되어 결혼 서약서에 서명했다. 게다가 포슐방은 상처의 통증이 심해지는 바람에 결혼식에 참석할 수조차 없었다. 마리우스와 코제트는 몹시 서운했다. 하지만 그것이 두 사람의 행복한 마음을 줄어들게 하지는 않았다.

다음 날 늦은 아침, 장 발장은 하녀에게 마리우스가 일어났다면 잠깐 만나게 해 달라고 부탁했다. 결혼 첫날은 초야를 지낸 두 사람만을 위해 아무도 간섭하지 않는 전통이 있었기 때문에, 신혼부부 가까이에서 수발을 드는 하녀를 통해 자신의 뜻을 전한 것이었다.

잠시 후, 마리우스가 응접실로 나왔다.

"어서 오십시오, 아버님!"

마리우스는 장 발장에게 아버님이라는 호칭을 썼다. 그 호칭은 장 발장의 가슴에 커다란 파문을 일으켰다. 아버지라는 말은 지금까지 오직 코제트에게만 허용되던 단어였다. 그런데 또 다른 한 사람이 자신을 그렇게 부르는 것이었다. 이제껏 결혼은커녕 애인조차 가져 보지 못한 장 발장에게 가족이 한 사람 더 생긴 셈이었다.

"손은 좀 어떠세요? 어제 결혼식 때 아버님이 계시지 않아 몹시 속상했습니다. 코제트 역시 마찬가지였답니다."

마리우스의 얘기를 묵묵히 듣고 있던 장 발장이 한참 만에 입을 열었다.

"마리우스, 내 자네에게 할 말이 있다네."

"말씀하십시오, 아버님."

장 발장은 말을 하기 전에 오른손을 감고 있던 붕대를 풀었다. 그런데 어찌 된 셈인지 아무런 상처도 보이지 않았다.

"내 손은 이렇게 멀쩡하다네."

"그런데 왜……?"

"어제 두 사람의 결혼식에 참석하지 않으려고, 그러니까 결혼 서약에 서명하지 않으려고 거짓말을 했다네."

화들짝 놀란 마리우스가 물었다.

"그렇다면 아버님은 저희 결혼을 반대하고 계셨다는 말씀입니까?"

"아니, 결혼을 반대한 게 아니라 성스러운 결혼식에서 가짜 서명을 할 수가 없었기 때문에 그런 거야."

"가짜 서명이라니요?"

"내 이름은 포슐방이 아니라 장 발장이라네. 절도범으로 감옥에 들어가 19년을 복역한 전과자지. 게다가 나는 지금도 경찰에 쫓기는 몸이야. 출소한 이후에 또 한 번 절도를 한 적이 있었거든."

마리우스는 도무지 믿어지지가 않았다. 그렇다고 장 발장 스스로 고백하는 말을 믿지 않을 수도 없었다.

"그리고 더욱 중요한 사실 한 가지가 있다네."

"뭡니까?"

"나는 코제트의 아버지가 아니라네. 고아가 된 불쌍한 코제트를 키워 주었을 뿐이야. 내가 코제트의 보호자 노릇을 하면서 그 아이를 사랑한 건 사실이지만, 이제 인생을 함께할 보호자를 맞이했으니 그 자리를 완벽하게 자네에게 넘겨주어야 한다는 생각을 했네."

모든 것이 엉켜 정돈되지 않은 마리우스가 물었다.

"왜 저한테 이런 고백을 하시는 겁니까? 지금까지 그랬던 것처럼 아무 말 하지 않는다면 누구도 모르고 지나칠 텐데요."

"나, 장 발장은 불행한 사람이라네. 물론 포슐방이라는 이름으로 이곳에서 자네 가족과 함께 조용히 살 수도 있겠지. 하지만 나는 그럴 수가 없네. 만에 하나라도 어느 날 갑자기 경찰이 찾아와 포슐방이 아닌 장 발장을 찾는다면 어찌 되겠나. 나는 그냥 감옥으로 가 버리면 끝이겠지만, 자네는 아니, 이제 겨우 행복을 알아 가는 코제트는 어찌 되겠느냐는 말일세."

장 발장이 무엇 때문에 과거를 고백하는지 이해한 마리우스가 정신을 가다듬은 뒤 입을 열었다.

"사면을 받을 수 있도록 제가 힘써 보겠습니다. 그러니……."

"장 발장은 벌써 죽은 사람이야. 그는 이미 오래전에 툴롱 바닷가에서 배를 수리하다 바다에 빠져 죽은 것으로 처리되었어. 그래서 필요한 건 나 스스로의 양심이 나를 사면해 주는 것인데, 아직은 시간이 더 필요하다네."

모든 것이 혼란스러웠지만 마리우스는 장 발장의 실체를 알게 되었다. 그는 지금 코제트의 행복을 방해하지 않으려고 자신을 보호해 주던 갑옷을 벗어 던지는 중이었다.

"그리고 한 가지 부탁이 있다네."

"말씀하세요."

"지금 내가 한 말을 코제트에게 비밀로 해 달라는 것일세. 그

아이는 내가 어떤 사람인지 모르고 있어. 아무쪼록 이 사실은 자네만 알고 있게."

"알겠습니다. 저 혼자만 간직하고 있겠습니다."

자리에서 일어난 장 발장은 밖으로 나왔다. 사랑하는 코제트의 얼굴을 보고 싶었지만, 차마 그 말이 입 밖으로 나오지 않았다. 그날 이후 마리우스는 몹시 곤혹스러웠다. 코제트가 갑자기 모습을 감추어 버린 아버지를 그리워하고 있었기 때문이다. 그럴 때마다 마리우스는 아마도 멀리 여행을 떠난 모양이라고 둘러대곤 했다.

그러던 어느 날, 마리우스는 편지 한 통을 받았다. 편지를 보낸 이는 마리우스를 남작 각하로 부르고 있었고, 각하와 관련된 어떤 사람의 비밀을 갖고 있다고 했다. 마리우스는 그 편지가 자기 목숨을 구해 준 은인과 관련되었음을 직감했다. 그래서 날짜를 정해 만나자고 답신을 보냈다.

며칠 후, 편지를 보낸 주인공이 마리우스를 찾아왔다. 마리우스는 그를 아무도 없는 조용한 방에서 맞이했다. 남자는 완벽에 가깝게 변장을 하고 있었지만, 마리우스는 그가 테나르디에라는 사실을 금세 눈치챌 수 있었다.

"남작님, 저는 늙고 지쳤습니다. 그래서 아내와 딸들을 데리고 한적한 곳에서 살고 싶은 사람이랍니다."

남자는 마리우스를 만나자마자 그렇게 말했다. 마리우스가 아무런 내색도 하지 않고 물었다.

"그래서 어쨌다는 거요?"

"이를테면 돈이 필요하다는 말씀이지요."

"그래서요?"

"그러니까 저는 남작님에게 반드시 필요한, 그래서 돈을 받고 팔 만한 비밀을 갖고 있다는 것이지요."

남자가 비굴한 미소를 지으며 마리우스의 눈치를 살폈다. 하지만 마리우스가 별다른 반응을 보이지 않자 말을 이었다.

"우선 간결하게 말씀드리자면, 남작님은 지금 살인강도의 가족이 되었다는 사실입니다. 그는 포슐방이라는 가명을 쓰고 있는 장 발장이랍니다."

"그분이 가명을 쓴다는 건 나도 일찍이 알고 있었소. 하지만 그분은 살인강도가 아니오."

테나르디에는 마리우스가 포슐방의 본명을 알고 있다는 사실에 무척 놀란 듯했다. 그래서 그가 살인강도라는 증거를 갖고 있다며 2만 프랑에 사라고 종용했다. 그러자 마리우스가 말했다.

"나도 당신이 테나르디에라는 사실을 알고 있소. 종드레트라는 이름도 쓰고 있지요. 자, 여기까지 오느라고 수고했으니 이 돈을 받고 꺼지시오!"

마리우스는 테나르디에 앞에 지폐 한 장을 던져 주었다. 그러자 테나르디에는 그것을 주워 재빨리 주머니에 넣었다. 하지만 밖으로 나갈 기색을 보이지는 않았다. 그래서 마리우스가 다시 말했다.

"당신이 내게 팔겠다는 비밀을 내가 말하지요. 장 발장은 우선 마들렌이라는 사람을 파산시킨 뒤 그 돈을 훔쳤소. 그래서 도둑이 되었지요. 그리고 얼마 전에는 자베르 검찰관을 총살했소. 그렇게 해서 그는 살인자가 된 거요. 이제 되었소?"

하지만 테나르디에가 고개를 저으며 입을 열었다.

"남작님께서는 뭔가 크게 잘못 알고 계시는군요."

"뭘 말이오?"

"장 발장은 마들렌의 재산을 훔치지도 않았고, 자베르 검찰관을 죽이지도 않았습니다."

"자베르를 죽이는 현장에 내가 있었는데도 그렇게 우길 셈이오?"

"천만에요. 마들렌은 장 발장의 또 다른 이름입니다. 둘은 동일한 사람이므로 훔친 것이 아니지요. 그리고 장 발장은 자베르 검찰관을 풀어 주었습니다. 그 이후 자베르는 센 강에 몸을 던져 자살했지요."

테나르디에는 그 증거로 당시의 신문 기사를 제시했다. 그 신문은 1832년 6월 25일에 발행된 것으로, 포로였다가 풀려난 자베르가 경찰서로 돌아가 상관에게 보고한 내용을 그대로 옮겨 놓은 것이었다. 바리케이드 안에 잡혀 있던 자베르는 총살을 당하게 되어 있었다. 그런데 그를 죽이려던 한 사나이가 권총을 허공에 쏜 뒤 자신을 풀어 주어 목숨을 건지게 되었다는 내용이었다.

기사를 다 읽은 마리우스가 물었다.

"그렇다면 그분이 왜 살인강도라는 말이오?"

테나르디에가 대답했다.

"장 발장이 가장 최근에 저지른 살인을 눈앞에서 목격한 사람이 바로 저 테나르디에입니다. 현장을 본 저는 워낙 충격이 커서 그 날짜와 장소를 선명하게 기억하고 있답니다. 1832년 6월 6일, 센 강가 하수도 출구에서 벌어진 일이지요."

테나르디에가 무슨 말을 하려는지 알 수는 없었지만, 날짜와 장소를 들은 마리우스는 바싹 긴장해서 귀를 기울였다. 다 죽어가던 자신의 목숨이 누군가에 의해 되살아난 곳과 일치하기 때문이었다.

"저는 그때 어떤 사정이 있어 잠시 하수도에 숨어 지내야 할 처지였습니다. 어렵사리 철창 열쇠를 구해 숨어 있었지요. 그런데 제가 잠시 맑은 공기를 마시려고 밖에 나와 있을 때 하수도 안쪽에서 인기척이 들려왔어요. 조심스럽게 살펴보니 어떤 남자가 축 늘어진 시체 한 구를 업고 하수도 출구 철창을 향해 나오고 있었습니다. 얼굴에 피가 엉겨 있어 제대로 볼 수는 없었지만, 죽은 남자는 분명히 젊은 갑부였을 겁니다. 그를 업고 있는 사내는 장 발장이었고요. 겁에 질린 저는 조심스럽게 뒤따르다가, 시체가 입고 있는 셔츠의 소매를 찢어 주머니에 넣고는 다시 몸을 숨겼습니다. 나중에 살인자의 죄를 증명할 증거물이 될 수 있도록 말입니다."

테나르디에는 자랑스러운 표정으로 찢어진 셔츠 조각을 흔들어 보였다. 헝겊 조각을 보고 마리우스의 두 눈이 휘둥그레졌다. 그는 벌떡 일어나서 장롱 안에 있는 허름한 셔츠 한 장을 꺼내 바닥에 펼치더니, 테나르디에가 가져온 조각과 맞추어 보았다. 셔츠와 헝겊은 영락없이 들어맞았다.

"그 청년이 바로 나요!"

마리우스의 외침에 테나르디에의 얼굴이 사색이 되었다.

"당신은 코제트의 아버지이자 내 장인인 장 발장에게 살인죄를 씌우고 싶었겠지. 하지만 유감스럽게도 완전히 잘못 짚었소. 그분은 죽어 가는 나를 업고 하수도를 6킬로미터나 달려 출구에 닿았소. 그리고 내 목숨을 구해 주셨지. 하지만 내 목숨을 살린 그분은 바람처럼 사라지고 말았소. 그래서 나는 그분을 찾으려고 백방으로 노력했지만 허사였소. 테나르디에 당신이 그분께 죄를 씌우려고 이렇게 나를 찾아오기 전까지 말이오!"

전혀 예상치 못했던 결과에 테나르디에는 할 말을 잃고 말았다. 그런 테나르디에를 향해 마리우스가 외쳤다.

"나는 당신이 어떤 사람인지 잘 알고 있소. 벽에 난 틈새를 통해 무슨 죄를 꾸미고 실행에 옮겼는지도 두 눈으로 확인할 수 있었지. 하지만 워털루 전투에서 퐁메르시 대령의 목숨을 구해 준 대가로 신고하지는 않겠소. 당장 내 눈앞에서 사라지시오!"

말을 마친 마리우스는 500프랑짜리 지폐 몇 장을 집어 그의 얼굴에 던져 버렸다. 큰돈을 챙기려던 작전을 망친 테나르디에는 그나마 방바닥에 떨어진 지폐라도 감지덕지한 듯 재빨리 주워 담더니 도망치듯 사라지고 말았다.

모든 진실을 확실하게 알게 된 마리우스는 코제트에게 서둘러 외출 준비를 하라고 했다. 그리고 하녀를 시켜 마차를 불렀다. 장 발장이 살고 있는 롬 아르메 거리 7번지로 향하면서 마리우스가 말했다.

"코제트, 당신 아버지가 나를 살렸소! 내가 그토록 찾던 생명의 은인이 바로 아버님이란 말이오! 바리케이드에서 마지막으로 당신에게 보낸 편지를 받고 나를 살리려고 달려오신 거요!"

코제트는 마리우스의 설명을 듣고 그제야 모든 상황을 이해하게 되었다. 결국 아버지는 딸의 행복을 지켜 주기 위해, 딸이 사랑하는 남자를 구하려고 목숨을 건 모험을 한 것이었다.

장 발장은 며칠 사이에 무척 수척해져 있었다. 하지만 코제트와 마리우스가 집 안으로 들어오자 양팔을 벌려 사랑하는 딸을 안아 주었다. 코제트를 안고 있는 그의 눈에는 눈물이 가득 고였다.

"다시는 너를 볼 수 없을 줄만 알았다."

"어딜 가셨었어요, 아버지. 그토록 긴 여행을 하시려면 저를 만난 뒤 떠나셔야지요. 그리고 왜 이렇게 야위었나요? 어디가 아프신 거예요?"

코제트의 질문이 계속되었다. 하지만 장 발장은 아무런 대답도 하지 않았다. 그 대신 마리우스를 향해 물었다.

"마리우스, 나를 인정할 수 있겠는가? 나를 용서할 수 있겠느냔 말일세."

전류가 흐르듯 가슴이 먹먹해진 마리우스가 무릎을 꿇고 말했다.

"아버님, 제 목숨을 구해 주신 사실을 왜 감추셨습니까? 그리고 아버님께서 살아오신 지난 삶 때문에 왜 그토록 스스로를 학대하십니까?"

장 발장은 아무 말도 하지 않았다. 그러자 마리우스는 장 발장을 두 번 다시 혼자 두지 않을 것이라며, 자기네 집으로 가서 함께 살아야 한다고 했다. 그러자 장 발장이 단호한 어조로 말했다.

"내일이면 나는 여기에도, 너희가 사는 집에도 없을 것이다."

"이 몸으로 또 여행을 떠나시겠다는 말씀이세요? 아버지, 저희랑 같이 가요. 아버지가 쓰실 방을 얼마나 예쁘게 꾸며 놓았는데……."

장 발장의 입가에 엷은 미소가 번졌다. 하지만 이마에는 식은땀이 흐르고 있었다.

"아버지, 이마가 차가워졌어요. 많이 아프세요?"

그러자 장 발장이 힘없는 목소리로 말했다.

"코제트, 난 아픈 게 아니다."

"아프지 않다니요? 이렇게 식은땀을 흘리시면서……."

"이제 하느님 곁으로 가야 할 때가 된 듯싶구나."

"예? 그게 무슨 말씀이세요?"

바로 그때, 의사가 들어왔다. 장 발장은 아무렇지도 않은 듯 두 사람을 자기 자식들이라고 의사에게 소개했다. 의사는 인사를 하면서 마리우스에게 이제 시간이 얼마 남지 않았다고 속삭였다.

애써 기운을 차린 장 발장이 입을 열었다.

"너희를 이렇게 볼 수 있어서, 너희가 내 마지막을 지켜 주어서 행복하다. 그러니 내가 죽거든 너무 크게 슬퍼하지 말거라. 그리고 나에게는 그 무엇보다도 소중한 은촛대를 코제트에게 물려주고 싶다. 그 촛대를 내게 주신 분이 내가 살아온 삶을 어떻게 평가해 주실는지 모르겠다만, 나는 나름대로 최선을 다했다고 생각한다."

코제트가 눈물을 흘리며 외쳤다.

"아버지!"

장 발장의 유언은 계속되었다.

"마리우스, 유감스럽게도 나는 자네를 잠시 원망한 적이 있었다네. 하지만 코제트를 사랑하는 마음이 얼마나 큰지를 알고 난 다음부터는 원망 대신 사랑을 채웠지. 고맙네, 마리우스!"

"아버님! 저도 아버님을 사랑하고 존경합니다."

잠시 숨을 고른 장 발장이 말을 이었다.

"코제트, 내가 죽거든 가난한 사람들이 묻히는 묘지 구석에 묻어 다오. 그리고 네 어머니의 이름은 팡틴이라고 한단다. 참으로 불행한 여인이었으니 잊지 말고 기억하기 바란다. 그리고 사랑한다, 아이들아!"

"아버지!"

"아버님!"

장 발장은 그렇게 눈을 감았다. 은촛대 두 개에서 나오는 불빛
이 핏기가 사라져 하얗게 변한 장 발장의 얼굴을 비추고 있었다.

레 미제라블

◆ 작품 소개

　정의와 평화를 위한 인간 정신의 영원한 기념비

《레 미제라블》은 프랑스의 작가 빅토르 위고가 1862년에 발표한 소설로, 제목 레 미제라블은 '불행한 사람들'이란 의미이다. 우리나라에는《장 발장》으로도 소개되었다.

　이 작품은 주인공 장 발장을 비롯하여 많은 등장인물의 파란만장한 생애를 다룬 대서사시이다. 비록 탈옥한 죄수이지만 어둠 속에서 광명을 찾아가는 장 발장의 인생 역정을 19세기 유럽의 워털루 전투와 프랑스의 왕정복고 등 시대를 정의하는 역사적 사건을 배경으로 장대하게 펼쳐 나갔다.

　《레 미제라블》에는 선인과 악인, 전쟁과 기아, 사랑과 증오, 비정함과 잔혹함 등 인간사의 다양한 요소가 등장한다. 작가는 그 모든 것을 인도주의적 세계관으로 아우르면서, 개인의 불행을 무시한 채 흘러가는 역사 속에서도 무엇보다 필요한 것은

'사랑'임을 강조한다. 누구에게나 타자의 사랑이 필요하며, 그렇지 못할 때 더욱 비참하고 불행해질 수밖에 없음을 일깨워 준다. 또한《레 미제라블》은 개인의 자유로운 감정에 호소하는 낭만주의 문학의 대표적인 작품으로, 발표된 지 150여 년이 지난 오늘날에도 전 세계적으로 읽히고 있으며, 영화와 뮤지컬 등으로 활발하게 제작되고 있다.

◆ 줄거리

청년 장 발장은 빵 하나를 훔친 죄에 탈옥 미수죄가 더해져 19년이나 감옥살이를 했다. 중년이 되어 출소한 그는 또다시 주교관에서 은접시를 훔쳐 도망가다가 경찰에게 잡혔다. 그러나 미리엘 주교는 자기가 준 거라고 하며 장 발장을 구해 주었을 뿐만 아니라, 은촛대까지 얹어 주면서 정직한 사람으로 거듭날 것을 당부했다. 장 발장은 마들렌이라는 이름으로 신분을 숨긴 채 사업적 성공을 거두고 시장까지 되었다. 그러나 검찰관 자베르만은 포기하지 않고 끈질기게 그를 뒤쫓았다. 선행을 거듭하던 장 발장은 엉뚱한 사내가 자기로 오인되고 있음을 알자, 그를 구하기 위해 스스로 정체를 밝히고 감옥에 갔다. 그러나 다시 탈옥하여 고아 코제트를 수양딸로 삼아 돌보게 되었다.

아름답게 성장한 코제트는 마리우스란 청년과 사랑에 빠졌다. 장 발장은 폭동 현장에서 부상당한 마리우스를 구출하여 코제트와 결혼시켰다. 장 발장은 마리우스에게 자기 정체를 밝히고 그들 곁을 떠나갔다. 모든 진실을 알게 된 마리우스가 코제트와 함께 장 발장을 찾고, 그는 코제트 부부가 지켜보는 가운데 조용히 숨을 거두었다.

◆ 등장인물 소개

장 발장_ 빵 하나를 훔쳐 19년 동안 감옥살이를 한다. 미리엘 주교 덕분에 새사람이 되어 가난한 이웃을 도와주고 불쌍한 고아 코제트를 친딸처럼 기르며 살아간다. 자베르의 추적 때문에 늘 불안에 떨지만, 자신의 과거를 속죄하기 위해 필사적으로 노력한다.

미리엘 주교_ 은접시를 훔친 장 발장을 용서함으로써 새로운 삶을 열어 준 인물이다. 검소하고, 불행한 이웃을 먼저 생각하며, 하느님의 사랑을 일상에서 실천하는 성직자이다.

코제트_ 팡틴의 딸로 테나르디에 부부에게 맡겨져 모질게 학대받는다. 장 발장의 수양딸이 된 뒤 그의 보살핌 속에 아름다운 아가씨로 성장한다. 열렬한 청년 마리우스를 만나 사랑에 빠지고, 마침내 그의 아내가 된다.

팡틴_ 장 발장이 운영하던 공장의 여공으로, 테나르디에 부부에게 맡긴 딸의 양육비를 위해 나중에는 창녀 노릇까지 한다. 끝내 딸을 보지 못하고 비참하게 세상을 뜬다.

테나르디에 부부_ 여관을 운영하는 탐욕스러운 부부로, 코제트를 하녀처럼 부리면서 팡틴에게는 양육비를 사정없이 뜯어낸다. 여관이 망한 뒤 도시 빈민이 되어 장 발장을 협박한다.

자베르_ 뛰어난 경찰로 범죄자에 대한 증오심이 강하다. 끈질기게 장 발장을 뒤쫓지만 번번이 놓치고 만다. 장 발장의 궤적을 쫓다 자신의 신념이 조금씩 흔들림을 깨닫는다.

마리우스_ 질노르망의 외손자로 아버지 얼굴도 모른 채 자라났다. 아버지가 죽은 뒤 외할아버지를 원망하며 집을 뛰쳐나와 빈민가에서 생활한다. 공원에서 우연히 코제트를 만나 사랑에 빠지고, 혁명의 소용돌이 속에서 부상을 입게 된다.

질노르망_ 정치적 성향이 다르다는 이유로 사위를 내치고, 그 사위와 외손자 마리우스를 떼어 놓은 인물이다. 코제트와의 결혼을 반대하지만, 나중에는 둘을 결혼시켜 준다.

포슐방_ 마차에 깔렸을 때 장 발장 덕분에 목숨을 구한다. 뒷날 절체절명의 위기에서 장 발장과 코제트를 도와주며, 수녀원에서 안전하게 숨어 살도록 주선해 준다.

◆ **들어가기**

빅토르 위고(1802~1885)를 잘 모르는 사람은 있을지 몰라도《레
미제라블》이라는 작품을 모르는 사람은 아마 거의 없을 것이다.
굶주린 누이와 그 자식을 위하여 빵 한 조각을 훔쳤다는 이유로
19년이나 감옥살이를 하고, 감옥에서 풀려난 뒤에도 평생 동안
쫓겨 다니며 살아야 하는 장 발장의 파란만장한 삶은 아직도 뭇
사람의 뇌리에 깊이 아로새겨 있다. 주인공 장 발장으로 더욱 유
명해진《레 미제라블》은 19세기 프랑스 문학사는 물론이고 세계
문학사에서도 우뚝 서 있는 고전 중의 고전이다.

　세계 문학사를 통틀어《레 미제라블》처럼 그렇게 큰 인기를
끈 작품도 찾아보기 힘들다. 파리에서 출간된 지 24시간 안에
초판본이 모두 팔려나갈 정도였다고 하니 그 인기가 어떠했는
지 미루어 짐작하고도 남는다. 프랑스에서는 말할 것도 없고 영
국을 비롯한 다른 나라에서도 선풍적인 인기를 끌었다. 미국이

내전을 벌이던 무렵에는 병사들 사이에 이 소설이 큰 인기를 끌었을 정도였다.

이 무렵 《레 미제라블》를 비롯한 위고의 작품에 대한 인기는 실로 엄청났다. 프랑스의 자연주의 소설가 에밀 졸라는 "나는 빅토르 위고의 작품들이 10상팀의 가격으로 출판되면 그것들을 사기 위하여 담배까지 피우지 않는 노동자들을 잘 알고 있다. 그들은 그 작품들을 읽는 것이 아니라, 제본해서 마치 고급 가구처럼 집에 보관하며 자랑스럽게 여긴다."라고 밝힌 적이 있다.

이 소설 한 권으로 위고는 거의 평생 동안 다른 일을 하지 않고서도 생계를 유지할 수 있을 정도의 수익을 얻었다고 한다. 이 소설은 그동안 영화는 말할 것도 없고 뮤지컬, 연극, 인형극 등으로 만들어져 전 세계에 걸쳐 큰 사랑을 받아 왔다.

◆ **작품의 배경과 내용**

《레 미제라블》은 '불행한 사람들'이라는 뜻으로 프랑스 민중의 비참한 삶을 염두에 두고 붙인 제목이다. 한국에서는 주인공의 이름을 따서 '장 발장'으로 번역되어 널리 읽혔다. 위고는 다른 작품과는 달리 이 작품을 오랜 시간을 두고 조금씩 집필하였다. 1845년에 갓 결혼한 그의 딸 레오폴딘이 남편과 함께 익사한 사건이 일어났다. 이에 크게 상심한 위고는《레 미제라블》을 집필하면서 슬픔을 달래려고 하였다. 처음에 '레미제레'라는 작품을 쓰기 시작하다가 정치에 발을 들여놓으면서 손을 놓고 말았다.

그러다가 위고가 이 작품에 다시 손을 댄 것은 1860년에 이르러서였다. 이때부터 그는 결코 완성할 수 없을 것 같은 이 방대한 작품을 단숨에 써 내려가다시피 하였다. 위고는 이 작품을 쓰면서 자신의 정치적 견해를 피력하는 부분을 여기저기에 삽입하였다. 마지막 워털루 전쟁 장면은 실제 격전지에서 대포 소리를 직접 들으면서 집필하였다.《레 미제라블》이 마침내 햇빛을 본 것은 집필을 시작한 지 무려 20년여 년의 세월이 지난 1862년, 그러니까 작가의 나이 예순 살 때였다.

《레 미제라블》은 주인공 장 발장이 오랜 세월 동안 감옥 생활을 하다가 마침내 풀려나는 장면으로 시작한다. 빵 한 조각을 훔쳤다는 죄목으로 5년 선고를 받지만 탈옥을 시도했다는 죄목이 추가되어 무려 19년 동안이나 감옥에서 보낸다. 인생의 황금기를 거의 대부분 감옥에서 보내고 풀려난 뒤 장 발장은 사람들에게 냉대를 받지만 미리엘 주교의 호의로 그의 집에 잠시 머문다.

그러나 장 발장은 미리엘 주교의 호의를 저버리고 이번에는 성당에서 은그릇을 훔친다. 주교는 그를 너그럽게 용서하고 오히려 그에게 은촛대를 선물로 준다. 마침내 죄를 뉘우친 장 발장은 그 뒤 마들렌으로 변신하여 어느 낯선 도시에서 사업을 벌여 크게 성공하고 마침내 그 마을의 시장에 뽑힌다. 그러나 자신 때문에 죄 없이 체포당한 죄수를 구하기 위하여 자신의 신분을 고백하고 다시 감옥에 갇힌다. 또 다시 감옥을 탈출한 장 발장은 자베르 수사관한테 쫓기고 악한한테 배신당한다. 평생을 돌보며 살아온 고아 코제트에게 옛날에 주교가 선물로 준 은촛대를 주며 마침내 숨을 거둔다.

◆ **작품의 중심 주제**

언뜻 보면 위고는《레 미제라블》에서 인간의 자유의지를 억압하는 운명이나 숙명을 둘러싼 문제를 다루는 것 같다. 주인공 장 발장에게 운명이나 숙명은 늘 어두운 그림자처럼 그의 뒤를 따라다니며 괴롭힌다. 위고의 말대로 주인공은 삶이라고 하는 '신비스런 돌덩어리'를 끌로 쪼이려고 하지만 끊임없이 '숙명의 검은 암맥'에 부딪힌다. 인간은 마지막 숨을 거둘 때까지도 어떤 운명이나 숙명이 자신을 기다리고 있는지 알 수 없다.

이 점에서《레 미제라블》에서는 그로부터 몇 십 년 뒤에 나오는 자연주의 작가 에밀 졸라의 소설이 떠오른다. 위고의 작품에서 운명이나 숙명은 자베르 수사관의 모습으로 나타난다. 장 발장이 자유의지로 무슨 일인가 하려고 하면 으레 자베르 수사관이 나타나 방해한다. 그런데 자베르는 오직 자신의 관점에서만 사물을 바라볼 뿐 결코 남의 관점에서 바라보려고 하지 않는다. 의무라는 추상적 개념에만 집요하게 매달리는 인물이다. 그러므로 그의 손에서 정의는 형체를 알아볼 수 없을 만큼 일그러지고 왜곡되기 마련이다.

더구나 위고는 《레 미제라블》에서 19세기 프랑스 사회를 날카롭게 비판한다. 이 점에서 이 작품은 사회 저항소설로 읽어도 큰 무리가 없다. 예를 들어 장 발장이 시민 혁명에 동참했다가 정부군의 진압으로 부상당하여 쫓기는 마리우스를 하수도를 통해 피신시키는 장면에서도 위고의 사회 운동에 대한 관심을 엿볼 수 있다.

위고는 나폴레옹 시대와 그 이후 프랑스의 사회상과 정치 현실을 마치 거울처럼 적나라하게 묘사한다. 특히 그는 이 무렵 헐벗고 굶주린 아이들, 가난 때문에 육체와 영혼을 팔아야 하는 젊은 여성들, 한 번 잘못을 저지른 탓에 평생 동안 전과자의 낙인이 찍힌 채 살아가야 하는 죄수들에게 깊은 관심을 기울였다.

또한 이러한 인간의 비극에 눈을 감은 여러 비인간적 제도, 이러한 제도를 묵인하거나 조장하는 정치권력에도 날카로운 비판의 화살을 퍼부었다. 위고는 이 작품의 초판본 서문에서 '무지와 불행이 이 지구상에 남아 있는 한, 이러한 책은 여전히 쓸모가 있을 것이다.'라고 밝힌다. 그러므로 처음 출간된 때부터 지금까지 가난과 무지 때문에 고통 받고 좌절하는 장 발장의 이야기는 가난한 사람들과 억압받은 사람들에게 복음서와 다름없다. 이렇게 휴머니즘을 부르짖는다는 점에서 이 작품은 뒷날 러시아의 작가 레프 톨스토이의 소설과 자주 비교되곤 한다.

위고는 이 작품의 한 장면에서 자칫 진부하다 싶을 만큼 이렇게 외친다.

"무엇보다 먼저 아무것도 없이 고생하는 사람들의 처지를 생각할 것, 그들을 위로할 것, 그들에게 공기와 빛을 줄 것, 그들을 사랑할 것, 그들을 위해 널찍하게 지평선을 펼쳐 줄 것, 온갖 형식으로 아낌없이 교육을 베풀어 줄 것 (……) 한마디로 고통당하는 사람들과 무지한 사람들을 위해 한층 큰 광명과 복리를 사회 조직에서 끌어낼 것, 이것이야말로 동정심 많은 사람들이 잊어서는 안 되는 국민의 첫째가는 의무이며 이기적인 사람들이 알아야 하는 정치의 급선무이다."

그러나 《레 미제라블》의 가장 중요한 주제라고 한다면 역시 사랑과 관용의 중요성을 빼놓을 수 없다. 위고는 이 작품에서 사랑이 얼마나 엄청난 위력을 발휘할 수 있는지 보여 준다. 주인공 장 발장은 온갖 고통을 겪고 좌절하면서도 마침내 악에 맞서 승리를 거둔다. 그가 이렇게 악에 맞서 싸우는 데 사용하는 무기는 다름 아닌 사랑과 관용이다. 그는 사랑과 관용으로 자신 속에 숨어 있는 악은 말할 것도 없고 다른 사람의 악까지 무찌른다.

세계 문학사에서 이 소설처럼 그렇게 설득력 있게 사랑의 복음을 전하는 작품도 흔하지 않다. 위고는 이 작품에서 장 발장을 통하여 인간은 아무리 악을 저지를지라도 선행을 통하여 얼마든지 구원받을 수 있다는 소중한 메시지를 전한다. 작가가 이 소설을 '종교적' 작품이라고 부르는 것은 바로 그 때문이다. 선과 악 그리고 사랑은 이 작품의 주제 가운데에서도 단연 첫 손가락에 꼽힌다.

그런데 장 발장이 이렇게 남을 사랑하고 관용을 베풀 수 있는 것은 자신이 몸소 말할 수 없이 큰 고통을 겪었기 때문이다. 고통을 받으면 쉽게 좌절하는 사람들과 달리 그는 고통을 받으면 받을수록 사랑과 관용이 용솟음친다. 말하자면 손에 닿는 것이라면 무엇이든지 황금으로 만들어 버린다는 그리스 신화의 미다스처럼 그는 고통과 절망을 사랑과 관용으로 바꾸어 놓는 놀라운 힘을 지닌다. 유대인들과 마찬가지로 위고에게도 절망은 삶의 끝이 아니라 구원의 출발점이다.

빅토르 위고는 1802년 프랑스의 브장송에서 태어났다. 아버지가 군인이어서 그는 어렸을 적부터 프랑스 여러 지방과 이탈리아와 스페인 등을 옮겨 다니며 유년 시절을 보내야만 하였다. 열 살 때 기숙학교에 입학한 이후 독서와 시 창작에 매료되었던 위고는 이듬해 그의 일기에 '나는 샤토브리앙이 아니면 아무것도 되지 않겠다.'라고 기록할 정도로 어린 나이에 프랑스의 문호가 될 것을 스스로에게 다짐하였다.

1851년에 루이 나폴레옹 3세가 쿠데타를 일으키자 그에 반대한 위고는 무려 20년에 가까운 세월을 유배지에서 보냈다. 이 당시 그는 전제 군주에 저항하는 프랑스의 양심으로 인정받았다. 처음에는 타의에 의한 유배였지만 사면된 뒤에도 계속 유배지에 남아 있어 유배는 자의적인 제스처였고 자부심을 과시하는 행동이라는 혐의가 짙었다. 어쨌든 이 무렵 그의 상상력은 최고조에 이르렀고, 독창적인 작품은 거의 대부분 유배 생활을 할 때 집필한 것이다. 1870년에 파리에 돌아온 위고는 영웅 대접을 받았다. 1882년 여든 번째 생일날에는 무려 60만 명이 이르는 사람들이 여섯 시간이나 그의 집 앞을 행진하며 "공화국 만세! 빅토르 위고!"를 외쳤다. 그로부터 3년 뒤 마침내 사망하였을 때에는 국장(國葬)이 엄숙히 거행되었고, 파리의 개선문에서 팡테옹에 이르는 장례 행렬에는 무려 200만 명의 사람이 그의 운구 뒤를 따랐다고 한다.

위고는 시를 비롯하여 희곡과 소설 등 모든 문학 장르를 자유롭게 넘나들며 작품을 썼다. 어떤 장르의 작품을 쓰던 그는 고전주의에 맞서 낭만주의 문학을 부르짖었다. 희곡 작품으로 《크롬웰》과 《에르나니》 등이 있다. 그러나 위고를 프랑스의 대표적인 문학가로 만든 것은 소설 작품이었다. 소설로는 《노트르담의 꼽추》와 《레 미제라블》 등이 유명하다.